TÖDLICHE ESKAPADEN
Pact with a Killer

TÖDLICHE ESKAPADEN
Pact with a Killer

von

Madlen In

o2007 Madlen In
Alle Rechte vorbehalten
Umschlaggestaltung
von Madlen In unter Verwendung eines Fotos von
Lev Dolgatshjov / Fotolia.com
Herstellung und Verlag: Books on Demand GmbH
Norderstedt

ISBN - 13: 9783837015911

Inhalt

Ein mit Rotwein begossenes Inserat jagt Lilli panische Angst ein, denn es sieht aus, als hätte man damit Blut weggewischt …

Dann verschwindet ihre Freundin Zoey spurlos und an ihrem letzten Aufenthaltsort findet die Polizei etwas Grauenhaftes – EINE LEICHE

»Lilli, hör `dir das mal an!« Eine Zeitung raschelte.

»Junger schüchterner Unternehmer mit Haus im Grünen und allen Annehmlichkeiten auf seinem Besitz, sucht liebevolles zurückhaltendes normales Mädel, das mit ihm mehr unternehmen will, als im großen Whirlpool die Blubberblasen zu zählen.«

Zoey blickte wieder auf und griente ihre Freundin an. Jetzt kicherten beide Frauen und Lilli gestikulierte, dass sie diese Anzeige persönlich lesen wollte. Zoey schob daraufhin die Zeitung über den Tisch, machte eine lustige Grimmasse und nippte dann an ihrem Weinglas.

Zweimal studierte Lilli diese Annonce, dann sah sie Zoey ins Gesicht, was eindeutig ihr Interesse an diesem Typen verriet. Doch ihre folgende Wortwahl und Äußerung dazu bestätigte den Ausdruck in ihrem Gesicht nicht. Etwas abwertend meinte sie zu ihrer Freundin.

»Ph, schüchtern aber reich! So schüchtern kann er doch gar nicht sein, wenn er sich all diese Werte geschaffen hat. In meinen Augen ist das nur wieder so ein Spinner, wie die andern es waren.«

Nun griff auch sie nach ihrem Weinglas, nahm einen großen Schluck und ließ den lieblichen Bordeaux ganz langsam und genüsslich ihre Kehle hinunterfließen. Inständig hoffte sie, Zoey würde nicht auf diese Annonce antworten, denn sie befürchtete einen nächsten Reinfall.

»Hm«, meinte Zoey. »So etwas Direktes hatte bislang noch keiner geschrieben.«

»Schüchtern aber reich, du hast Recht. Wie sollte so etwas zusammenpassen. Was steckt wohl dahinter?« Nochmals nippte Lilli am Glas und sie schien angestrengt über etwas nachzudenken.

Zoey bemerkte die Veränderung in ihrer Freundin.

»Was ist mit dir? Was geht in dir vor? Er wird sicherlich nicht so ein Choleriker wie der Arzt sein. Und Sharif war sicherlich nur eine große Ausnahme. Von solchen Typen gibt es nicht Hunderte. So etwas passiert mir nie wieder. Zum Glück ist das vorbei, ich habe die Beiden schon fast vergessen. Es ist doch gut, dass sie nichts weiter von mir wussten, alles hat ganz prima geklappt.«

Lillis Mine änderte sich und nun lächelte sie Zoey an. Tief holte sie Luft und blickte nachdenklich in die Zeitung. Sie wusste, sie musste irgendetwas tun, und dann stellte sie fest:

»Wenn seine Angaben wirklich stimmen, kann der Typ nicht cholerisch sein. Eindeutige Zeichen für einen verträumten Melancholiker sind das. Aber er scheint mir auch ein ganz schöner Angeber zu sein, findest du nicht?« Zoey nickte. Lilli wollte die angespannte und nachdenkliche Atmosphäre beenden und belustigt äußerte sie:

»Ja, er kann nur ein Softy sein. Zurückhaltendes Mädel! Überleg` doch mal! Wenn er selbst so schüchtern ist, was will er dann mit einer zurück-haltenden Frau? Sein großer Whirlpool muss im Keller sein, denn wenn beide sich genieren, muss er ja das Licht ausschalten, wenn sie baden gehen wollen, oder will er mit Lederklamotten und sie im Pelzmantel da hineinsteigen?«

Lilli hatte Recht. Beide Frauen lachten laut.

»Stell` dir das mal vor! So ein Pelzmantel ist ruiniert und seine Klamotten werden steinhart.«

Zoey, die gerade einen Schluck aus ihrem Kelch genommen hatte und sich dieses Bild vor ihrem geistigen Auge vorstellte, prustete vor Lachen über den Tisch. Lilli reagierte rechtzeitig und hielt sich die Zeitung schützend vor den Körper. Nach einigen Schocksekunden erholten sich die Frauen und lachten erneut hell auf, als sie das mit Rotwein getränkte Annoncenblatt betrachteten. Ungeachtet dessen, was passiert war, bat Zoey:

»Schenk` bitte nach! Ich glaube jetzt, den Softy muss ich unbedingt kennenlernen.«

Das war es nicht gewesen, was Lilli mit ihrem Sarkasmus erreichen wollte. Fragend, sah Lilli Zoey nun an.

»Wieso du?« Beide Frauen prosteten erneut und bemerkten die Wirkung des Weines.

Gleich darauf verschluckte sich Zoey und hustete.

»Was meintest du gerade?«

Lilli schmunzelte. »Du hast richtig verstanden, ich fragte, wieso du?«

Empört erhob sich Zoey von ihrem Stuhl.

»Das heißt also, dass du ihn mir wegschnappen willst?« Lilli hob und senkte die Schulter.

»Wieso wegschnappen, ich ...«

»Aber ich habe die Anzeige zuerst gelesen«, fiel ihr Zoey ins Wort.

»Na und, du bist auch schon mit Typen ausgegangen, deren Annonce ich zuerst fand.«

Zoey zog einen Flunsch.

»Sei doch froh! Den cholerischen Arzt habe doch ich ertragen müssen, du müsstest mir dafür dankbar sein!«

Zoey setzte sich wieder und war etwas überrumpelt, denn niemals zuvor hatten beide Freundinnen sich deswegen gestritten.

»Was wollen wir nun also tun?«, fragte Zoey leicht bockig. Lilli rieb sich ihre Unmutsfalten auf der Stirn.

»Na, wenn du ihn mir nicht freiwillig überlässt, dann werden wir eben um ihn spielen.« »Spielen! Wie denn?« Lilli erhob sich, ging ins Wohnzimmer, wobei ihr Gang, beeinflusst durch den genossenen Wein, etwas schwankend war und kam kurz darauf mit Becher und Würfeln wieder.

»So werden wir um ihn spielen, meine Liebe! Fair und eindeutig!«
Beide Frauen würfelten um diesen Mann bis nach Mitternacht und es war ein lustiges Spiel. Zum ersten Mal waren sie Rivalinnen, doch sie blieben fair, soweit konnten sie sich am nächsten Tag noch erinnern. Doch um die Siegerin feststellen zu können, mussten die vielen Zahlen noch zusammenaddiert werden. Dazu war keine von Beiden nach den zwei leergetrunkenen Flaschen Bordeaux mehr fähig gewesen. So viel Wein waren sie nicht gewohnt, aber an diesem Abend hatte er ihnen geschmeckt und dabei geholfen, die ganze Sache, die Konkurrenz, die sich zwischen ihnen auf-gebaut hatte, auf eine lustige Art und Weise zu ertragen.

SONNTAG, 28. JANUAR

Der Genuss frischgepressten Orangensaftes, einiger Tassen Kaffees und saurer Heringe halfen beiden Frauen, die Nachwirkungen der letzten Nacht zu be-kämpfen.
Gegen Mittag fühlten sich beide dazu in der Lage, die Siegerin des gestrigen Abends zu ermitteln.
Das Ergebnis lautete: 212 zu 215
Zoey lag mit nur drei Würfelaugen vor Lilli. Zoey hatte Lilli besiegt! Händereibend genoss sie ihren Triumph und meinte sicher: »Diesen Softy werde ich mal unter

die Lupe nehmen und wenn er mir gefällt, werde ich ihm die harte Seite der Liebe zeigen.« Was immer sie damit auch meinte.

Lilli gab sich als eine gute Verliererin. Es war ein Spiel, sie hatte es vorgeschlagen und sie hatte eben verloren.

Lilli und Zoey waren seit vielen Jahren die besten Freundinnen und wohnten auch schon lange zusammen. Lilli war sechs Jahre älter als Zoey.

Schon in der Schulzeit lernten sie sich kennen und Lilli liebte das kleine Mädchen, das in der Grundschule nur gehänselt wurde, da ihre Kleidung nicht dem Standard der anderen Mitschüler entsprach. Zoey war im Waisenhaus aufgewachsen und ihr wurden nicht viele Wünsche erfüllt. Ihre Eltern waren drogenabhängig und kamen auch niemals davon los. Es gab keinen Kontakt zu ihnen. Lilli hatte oft die Schulaufsicht und Zoey immer schützend zur Seite genommen, wenn die anderen Schüler auf ihr herumhackten. Obgleich sie älter war, empfand es Lilli nicht sonderlich schlimm, mit Zoey ihre Zeit zu verbringen. Nach und nach vertieften sich ihre Gefühle und sie liebten sich wie Geschwister. Diese Zuneigung blieb, und als Zoey nach ihrem Schulabschluss zufrieden war, weil sie eine Ausbildung zur Floristin bekam, bot ihr Lilli an, mit ihr zusammen zu wohnen. Lilli studierte noch und erhielt Unterstützung von ihren Eltern.

Es war einfach traumhaft. Sie verstanden sich super und die Miete wurde halbiert. Besser konnte es nicht laufen.

Auch Lillis Eltern hatten Zoey in ihr Herz geschlossen und sahen sie gern auf allen Festlichkeiten der Familie. Sie war stets herzlich willkommen, sie gehörte dazu, wie ein Familienmitglied.

Das tat Zoey sehr gut, denn das hatte sie in all den Jahren, in ihrer Jugend sehr vermisst.

Aber Lillis Studium und ihr Zusammenleben mit Zoey hatten zur Folge, dass sie sich beide nie richtig für einen Partner interessiert hatten.

Sie genossen die Zeit, waren immer zusammen und machten sich in Kaffees oder Tanzlokalen nur lustig über etwaige Typen, die mit ihnen anbändeln wollten.

Ernsthaft dachten sie nie darüber nach, dass es doch Zeit wäre, sich endlich nach einem Mann für`s Leben um-zuschauen.

Doch dann traf sie beide ein Schicksalsschlag mitten ins Herz. Lillis Eltern wurden Opfer eines Terroristen-anschlages in dem Urlaubsort, den sie für sich gewählt hatten. Sie feierten ihren 40. Hochzeitstag und wollten diesen in der Sonne des Südens genießen.

Das war vor drei Jahren und Lilli und Zoey trauerten lange.

Jetzt war Zoey 26 und Lilli hatte ihren dreißigsten Geburtstag bereits zum zweiten Male gefeiert. Irgendwann entschieden sie sich einfach mal, in Kontaktanzeigen nach einem passenden Partner zu suchen. Jedoch bevor sie sich in diese Eskapaden stürzen wollten, hatten sie ein paar wichtige Regeln, besser gesagt ein Gesetz, für sich erfunden.

Anfangs hatten sie das für nicht so bedeutungsvoll eingeschätzt, nur der Vorsicht wegen - man hatte ja aus den Medien schon einige Sachen gehört - schien es ihnen wichtig, klare Linien zu setzen. Das taten sie auch, und schriftlich verfassten sie ein Gesetz, an das sie sich strikt zu halten hatten, das lautete:

1. Bevor ich mich mit einem Inserenten in Verbindung setze, bespreche ich das mit meiner Freundin. Diese gibt mir grünes oder rotes Licht. Daran habe ich mich zu halten.

2. Währenddessen ich den Kontakt aufbaue, sorge ich dafür, dass der Angerufene niemals meine Telefonnummer übermittelt bekommt und auch im Gespräch nicht erfährt. Nur ich kann ihn erreichen. Die Folgen einer Absage des Dates seinerseits aus welchen Gründen auch immer, nehme ich eben in Kauf.

3. Beim Treffen nenne ich nur meinen Vornamen. Ich darf das angebotene Du aber annehmen.

4. Meine Adresse gebe ich niemals preis, also lasse ich mich nicht nach Hause bringen - ganz gleich, wie gut mir dieser Typ gefällt und welchen positiven Eindruck er vielleicht in mir hinterlassen hat.

5. Alles Wichtige erzähle ich meiner Freundin noch am selben Abend oder, wenn es spät geworden ist, am nächsten Morgen.

Hiermit halte ich mich an das mir vorliegende Gesetz und schwöre, mich strikt daran zu halten.

Lilli Graham   *Zoey Marshall*

Nun hatten sie vor zehn Monaten damit begonnen, auf solche Anzeigen zu antworten und da es von vorn herein kein übertriebener Marathon werden sollte, hatten sie abwechselnd - Lilli im ungeraden und Zoey im geraden Monat - ihre Dates mit diesen Männern.

Wie es im Gesetz geschrieben stand, wurden alle Dates vorher besprochen und nachher ausgewertet. Beide Frauen waren inzwischen überzeugt, dass ihre Suche nach einem festen Partner auf diesem Wege, wie ein Lauf in einem Labyrinth war. Lügen und Vorspielung falscher Tatsachen machten diese Treffen von mal zu mal nervenaufreibender. Anscheinend waren das alles nur Personen, die auf dem üblichen Wege niemals eine Frau ansprechen würden und ihr wahres ICH wie hinter einem seidenen Tuch versteckt hielten und glaubten, dass niemals jemand dahinter schauen könnte.

SAMSTAG, 25. MÄRZ 2006

Ein Kandidat, der sich als Bankangestellter in leitender Position vorgestellt hatte und dessen Name Sajid Delaney war, beschrieb sich als großzügig, gutgebaut und dunkelhaarig.

Lilli traf sich mit diesem Mann und sie stellte fest, dass er zwar einen schönen Namen trug, doch weder gute Umgangsformen aufwies, noch wie beschrieben aussah. Er war ein kleiner, untersetzter und geiziger Möchtegern. Denn er machte einen riesigen Aufstand, als er die Rechnung von der Bedienung des Hotelrestaurants bekam. Mit dieser Summe war er nicht einverstanden. Dabei wollte er unbedingt in diesem teuren Restaurant dinieren. Und wahrscheinlich damit Lilli beeindrucken und für sich gewinnen.

Nachdem Lilli ihr Desinteresse an ihm gezeigt hatte, war ihm wohl sein Traum zerplatzt und er entwickelte sich zu einem Monster, das alles um sich herum als gierige Blutsauger beschimpfte, einschließlich Lilli.

Lilli erhob sich wortlos vom Stuhl, zog einen Schein aus ihrer Geldbörse, warf ihn auf den Tisch und verließ das Restaurant.

SAMSTAG, 1. APRIL 2006

Ein, wie er sich bezeichnete, erfolgreicher Börsenmakler, namens Kirk Morgen, kam in Jeans und Poloshirt, was Zoey echt fasziniert hatte, denn wenn er Privates vom Beruflichen trennen kann, ist das ein echter Pluspunkt für ihn, so dachte sie. Doch auch seine legere Kleidung war nur ein Trugschluss, denn nicht einmal in Zoeys Begleitung konnte er an etwas Anderes denken, als an Börsenberichte und Aktienanteile.
Sein Handy läutete unentwegt und dieser Besessene ging auch ran!
Er beriet Anleger und Kunden, währenddessen er sich Bissen des Drei - Gänge - Menüs in den Mund schob.
Zoey hatte er kaum dabei beachtet, und wer weiß, wie viele Minuten vergangen waren, bis er bemerkt hatte, dass Zoey nach dem Aufsuchen der Toilette, durch die Hintertür das Weite gesucht hatte?

SAMSTAG, 27. MAI

Lilli war an diesem Tag sehr schockiert von einem Treffen zurückgekommen, denn dass, was sie erlebte, hätte sie sich niemals träumen lassen.
Sie hatte sich mit Wallis, einem Modedesigner verabredet und als sie zum vereinbarten Treffpunkt kam, saßen zwei Männer vor ihr, die sich wie ein Ei dem anderen glichen. Beide hatten ihr dann klarmachen wollen, dass sie sich als eineiige Zwillinge niemals

voneinander trennen konnten und für sich beide eine einzige Frau suchten.

Lilli wollte eine ganz normale Familie, mit Kindern und einem Ehemann!

Aber zwei Männer, das war einer zu viel. Das Angebot dieser beiden Männer war so unwirklich und haarsträubend, dass sie ihren Ärger über das, was sie ihr zumuten wollten kaum zügeln konnte.

Mit den Worten: »Ihr seid zwei eigenständige Menschen. Weshalb könnt ihr euch nicht voneinander lösen? Eure Entscheidung finde ich einfach absurd. Werdet erwachsen!«, verließ Lilli das Lokal.

SAMSTAG, 24. JUNI 2006

Zoeys Interessent hatte es nicht mal abwarten können, bis sie sich, völlig entnervt, da sie im Stau gestanden hatte, endlich zum vereinbarten Ort durchgerungen hatte.

Zoey hatte nicht nur im Stau gestanden sondern auch noch in einem Funkloch. Sie konnte ihrer Verabredung namens Ruby ihre Situation nicht einmal mehr erklären, denn als sie nach dreißigminütiger Verspätung ankam, war Ruby verschwunden. Vielleicht war er auch nie da gewesen.

SAMSTAG, 15. JULI 2006

Lilli hatte sich mit einem Fitnesstrainer verabredet. Im Restaurant suchte sie nach einem gut durchtrainierten, sonnengold gebräunten, stattlichen und attraktiven jungen Mann mit dem wohlklingenden Namen Shemar Feore. Doch ihre Erwartung war wohl zu hochgeschraubt, denn das Erkennungszeichen, die gelbe

Nelke, haftete an einem hageren und blassen Milchbubi, der fast zusammengekauert an einem Ecktisch auf sie wartete.

Anfangs wollte sie das Lokal spontan verlassen, doch dann gab sie sich zu erkennen und lud diesen Möchtegern zu einem Eisbecher ein.

Viele Worte wechselten sie nicht. Ihr Gespräch verlief karg und Lilli verließ ihn mit einem freundlichen Augenaufschlag und den Worten: »Glaube mir, es gibt auch Mädchen, die solch einen Typ wie dich suchen. Du darfst nicht aufgeben! Aber du musst, und das gleich von Anfang an, ehrlich sein. Ich wünsch` dir Glück. Leb´ wohl!«

Irgendwie tat ihr der Bursche leid, aber auch sie hatte es nicht einfach, obgleich sie eine blendende Erscheinung war. Die Begegnung war harmlos und im Nachhinein dankte sie dem jungen blassen Bubi, denn was Zoey dann erlebt hatte, war mit dem nicht vergleichbar.

SAMSTAG, 9. SEPTEMBER 2006

Zoey war sehr fasziniert von einem Arzt. Sein Vorname war Bruce. Das Einzige, was beim ersten Kontakt ein wenig störte, war die Tatsache, dass sie einem bereits leicht ergrauten Mann gegenüberstand. Doch schon nach einigen Minuten störte Zoey sich nicht mehr an seinem Alter oder an seinen grauen Schläfen, denn er war ein wahrer Gentleman und er war auch erst Mitte vierzig und nicht älter, als sie gedacht hatte. Vielleicht lag es an seinem stressigen Job, dass sich ein Hauch Silbrigkeit über sein Haar gelegt hatte.

Trotz allem sah dieser Mann blendend aus und seine Manieren und seine Komplimente genoss Zoey sehr. Seine Haut war gut gebräunt und unter seinem

Oberhemd konnte man einen durchtrainierten Körper erahnen. Von Kopf bis Fuß - ein Traumtyp! Und wenn er dann auch noch wirklich Arzt war, würden Zoey die zwanzig Jahre Unterschied nicht im Geringsten stören.

Zoey hatte sich mit ihm sogar ein zweites Mal getroffen, hielt sich aber doch an die besagten Regeln, obgleich er sie richtig verzaubert hatte. Aber der Schein trog. Er war nicht das, was Zoey glaubte in ihm gesehen zu haben. Mit einem Mal erwähnte er seinen Kinderwunsch. Wie gern hätte er doch ein eigenes Kind. Zoey war nicht begeistert davon, denn schon in ihrer Jugend hatte sie sich geschworen, nie eigene Kinder haben zu wollen. Dafür hatte sie ihre Gründe. Doch nicht nur Bruce´ unerwartetes Geständnis, sondern auch sein Verhalten änderten sich abrupt und schmerzvoll.

Champagner zum Abschluss! bestellte er und als die Kellnerin ihm diesen Wunsch erfüllen wollte, erhob sich ein Gast vom Nachbartisch, der sie, balancierend mit dem Tablett, nicht kommen sah und schuppste sie versehentlich zur Seite.

»Sorry, Sorry!!!«, schallte es mehrmals durch den Raum und der Mann versuchte die Kellnerin aufzufangen. Geistesgegenwärtig umklammerte er die junge Frau und griff ihr unter die Arme. Ihm war gleich, was mit ihrem Tablett geschehen würde, er wollte sie nicht hinstürzen lassen.

Die anderen Gäste sahen diese Aktion und Zoeys Mund stand weit offen. Alles ging sekundenschnell und die Kellnerin stand wieder fest auf ihren Füßen. Es folgte ein frenetischer Beifall, der von den Gästen ausging, und alle, die es gesehen hatten, atmeten auf. Aber der Arzt, Zoeys Begleiter, hatte andere Sorgen, als das Wohlergehen der jungen Kellnerin. Diese lächelte und dankte ihrem Retter, da fiel ihr auf, dass das Tablett, welches sie noch in ihren Händen hielt, leer war. Schnell folgte sie selbstlos ihrer Aufgabe und wollte sich bei Zoeys Begleiter entschuldigen.

Doch der sah auf die fast leere Campangerflasche, die Zoey aufgehoben hatte und warf dann der Kellnerin einen Blick zu, der jeden Menschen zum Erschaudern brachte.

»Sorry, Sorry!«, flüsterte sie sichtlich betroffen. »Ich hole sofort eine neue Flasche!«

Doch der Arzt erhob sich und maß die Kellnerin mit abfälligem Blick.

»Ich bin hier in Begleitung und kann mir solche Patzer nicht erlauben. *Diese* Flasche wollte ich und keine andere. Sie sind wohl die unfähigste und dümmste Person, von der ich jemals bedient wurde.«

Der Kellnerin schoss das Blut ins Gesicht und die herrschende Geräuschkulisse ringsum verstummte.

Zoey glaubte, sich in einem bösen Traum zu befinden. Was war das? Wer ist dieser Mann in Wirklichkeit, im wahrem Leben?, fragte sie sich. Eingeschüchtert und tief betroffen, nickte die Kellnerin nur und neben ihr erschien der Geschäftsführer, der sich nach dem Grund für diese lauten Worte erkundigte. Doch ohne eine genaue Erklärung abzugeben, begann Zoeys Begleiter weiter mit seinen Beschimpfungen.

»Haben Sie diese dumme Trine eingestellt? Dann sind Sie wohl unfähig diesen Laden zu führen.«

Der Geschäftsführer traute seinen Ohren nicht und hob seine Hände vor die Brust.

»Mister, ich bitte Sie um einen anderen Ton! So reden Sie hier nicht in meinem Lokal!«

Unbeeindruckt zischte Bruce daraufhin: »Ph, wenn Sie hier nur unfähiges Personal beschäftigen, müssen Sie sich nicht wundern. Dieses Trampel …«

Weiter kam er nicht, denn eine Hand hielt ihn fest an der Schulter und wollte ihn fortstoßen.

»Ganz gleich, was hier nun auch passiert ist, raus hier!«, hörte Bruce. Doch er ließ sich nicht so einfach rauswerfen und drehte sich mit aller Gewalt um, ballte seine Hand zur Faust und schleuderte seinen Arm nach oben.

Zoey, die das Gebaren ihres Begleiters mit Schrecken ansah, reagierte blitzschnell. Geistesgegenwärtig hob sie die Champagnerflasche und schlug sie Bruce auf den Hinterkopf.

Zoey sah nur noch das Weiße in Bruce` Augen und er sackte wie ein schwerer Stein zu Boden. Zoey stand immer noch mit erhobener Hand am Tisch und bemerkte, wie sie die Kräfte verließen. Der restliche Inhalt des Champagners ergoss sich auf den Boden. Sie schloss die Augen, ließ die Flasche los und rutschte auf ihren Stuhl hinunter. Alle Gäste im Raum waren wie hypnotisiert, nicht fähig sich zu rühren oder ihre Entrüstung lautstark zu äußern.

Die völlig verstörte Kellnerin wurde von einer Angestellten weggeführt. Unmittelbar darauf nahmen die eingetroffenen Beamten den niedergestreckten Angreifer mit hinaus.

Zoey wurde noch am gleichen Abend zum Tathergang befragt und durfte dann gehen, denn es gab genug Zeugen. Alles Weitere ging Zoey nichts mehr an und sie hatte nur noch einen Gedanken in den nächsten Wochen: Vergessen, vergessen, vergessen!

Nach diesem Ereignis quälten Zoey noch wochenlang Abträume. Sie wollte doch vergessen. Aber sie hatte Angst, diesem Mann nochmals über den Weg zu laufen.

Jetzt erwies sich das von Lilli und Zoey gegründete Gesetz als äußerst wichtig, ja vielleicht sogar lebensrettend. Dieser angebliche Arzt - wenn er denn wirklich einer war - hatte weder Zoeys Telefonnummer noch ihre Adresse und bei der Polizei hatte sie ausdrücklich darum gebeten, ihre Daten vertraulich zu behandeln. Das wäre eine Selbstverständlichkeit bekam sie zur Antwort. Aber es war ihr sehr wichtig, es nochmals erwähnt zu haben, denn schließlich hatte sie in Begleitung des Angreifers das Restaurant betreten und mit ihm dort luxuriös diniert. Wie sollten die Beamten wissen, dass sie beide sich nur mit Vornamen kannten und nicht einmal wussten, wo der andere wohnte?

Was Zoey nicht wusste war, dass Bruce glimpflich davongekommen war, da der Geschäftsführer des Restaurants von einer Anzeige absah. Bruce war seit vielen Jahren ein gern gesehener und gut zahlender Gast in diesem Restaurant gewesen. Die Frau des Geschäftsführers war Bruce` Patientin schon seit vielen Jahren. Dieser Bruce war wirklich Arzt und er hatte dem Ehepaar den sehnlichsten Wunsch erfüllt. Seit vielen Jahren kinderlos wurden sie durch Bruce` hervorragend geleistete Arbeit Eltern von zwei gesunden Zwillingen, denn die künstliche Befruchtung war positiv verlaufen. Der Geschäftsführer nahm die Entschuldigung des Arztes für sein unmögliches Verhalten an.

ZWEI MONATE SPÄTER

Zoeys Angst schwand und sie fühlte sich wieder sicher. Dieser Bruce würde sie sicherlich nie im Großstadtgetümmel wiedererkennen. Um ganz sicher zu gehen, bat sie ihre Frisörin, ihren Typ mal etwas zu verändern. Diese hatte ihre Haare nicht nur auf Schulterlänge gestutzt - was Zoey anfangs große Überwindung gekostet hatte, denn mit ihrer langen blonden Haarpracht hätte sie leicht ihren Oberkörper einwickeln können - sondern auch mit leichten Wellen versehen und um einen Ton dunkler gefärbt. Sie sah einfach bezaubernd aus und war ein richtiger Hingucker für die Männerwelt. Auch Lilli überschüttete sie mit Komplimenten, obgleich sie eine Frau war. Dieses Ergebnis gefiel Zoey und das war ein Glück, denn sonst hätte sie den Anblick ihrer blonden abgetrennten Haare, die als geflochtener Zopf an einem Nagel über ihrem Schreibtisch hingen, nicht ertragen können. Auch ohne die Haare, die sie auf Grund ihrer Länge stets an ihren Hüften gespürt hatte und die diese nun nicht mehr umschmeichelten, war Zoey zufrieden mit sich.

Manchmal hat ein vermeintlicher Verlust auch ein positives Ergebnis. Und das in zweifacher Hinsicht, wie sich Zoey eingestehen musste. Die Veränderung war zu ihrem Schutz getan und hatte sie nicht verunstaltet, sondern nur ihr hübsches Antlitz noch mehr hervorgehoben.

Jetzt hatte Zoey ihre Angst abgelegt und wollte mit Lilli weitermachen wie bisher.

Zu zwei weiteren Dates hatte sie sich jetzt wieder hinreißen lassen und abermals endeten diese nur unschön. Da hatte es zum Beispiel wieder geheißen:

»Junger Unternehmer in der Baubranche sucht nettes Mädel oder Frau, die seine Geschäftsreisen akzeptiert, da diese unabdingbar sind. Ich kann ein treuer Partner an deiner Seite sein, doch auch ich erwarte dasselbe von dir.«

Zoey hatte sich hinreißen lassen, obgleich sie aus diesen

Worten verstand, dass die Beziehung im üblichen Sinne keine Normale werden könnte - also Familienleben im Eigenheim und mit einem Ehemann der abends von der Arbeit nach Hause käme. Aber irgendwie reizte sie diese Annonce, denn sie hatte von Anfang an für sich entschieden, keine Kinder in die Welt zu setzen. Dafür war ihre Jugend viel zu schlecht in ihren Erinnerungen verankert. Vielleicht hätte sie es besser machen können, doch das Risiko, letztendlich als Mutter zu versagen, wollte sie nicht eingehen müssen. Lilli war da ganz anderer Auffassung, denn sie wollte mindestens zwei Kinder haben und erziehen. Trotz allem suchte Zoey einen liebevollen Partner, der all ihre Sehnsüchte zu stillen vermochte. Im Genaueren hieß das: sie suchte einen Partner an ihrer Seite, der ihr alles geben konnte in sexueller Hinsicht und der das Leben mit ihr in vollen Zügen genießen wollte. Aber es müsste schon einer sein, den sie nicht mit anderen Frauen teilen müsste. Das wäre ihr ein Ekel! Während ihrer ersten erotischen Kontakte zu Männern, die nun mittlerweile, seit dieser Annoncengeschichte, einige Zeit her und auch durch dieses Gesetz verboten waren, entdeckte sie für sich ihre speziellen Vorlieben, konnte diese aber bislang niemals ausleben. Nur in ihren Träumen hatte sie das erleben dürfen, wonach sie in einer Liebesbeziehung wirklich suchte ...

Wenn sie sich auch nur wöchentlich mit dem richtigen Partner treffen würde, wäre sie dazu bereit und würde ihm alles geben wollen. Bislang waren alle, nunmehr per Kontaktanzeige getroffenen Herren, nicht gerade das, für was sie sich ausgegeben hatten. Und Zoey hatte auch nicht bereut, diesen Männern nicht nähergekommen zu sein.

Zoey verabredete sich mit dem Bauunternehmer im Restaurant des Hotels Golden Palace. Und seine Erscheinung, sein Auftreten und die verbale Kommunikation gefielen ihr sehr. Er war jung und knackig und hatte einen schönen Vornamen, wie sie fand - Sharif.

Seine Oberarme brachten sein superchices Poloshirt, das er extra zu diesem Treffen angezogen hatte, um nicht als Schnösel dazustehen, fast zum Platzen.

Zoey war fasziniert von ihm und sie traf sich bereits zum zweiten Mal mit ihm. Sharif hatte schulterlanges Haar, das er im Nacken mit einem Gummi zusammenhielt. Unzählige Male hatte sie sich vorgestellt, sein Haar zu öffnen und mit ihren Fingern wild zu zerzausen.

Diese Erscheinung, dieses verwegene Äußere des Mannes, hatte ihr den Schlaf der letzten Nächte geraubt.

Es sah aus als wäre er genau der Typ Mann, den sie lange gesucht hatte.

Zoey hatte Lilli von ihm vorgeschwärmt. Sie erzählte ihr von seiner Einsamkeit, wenn er von seinen Geschäftsreisen zurück in sein kleines Appartement kam. Er sei zu viel unterwegs, um eine Familie zu gründen und sich dann um sie kümmern zu können. Welche Frau würde das auch mitmachen, ihren Partner und Vater ihrer Kinder nur selten zu sehen?

Zoey suchte aber genau so einen Partner, denn sie wollte ja weder Kinder noch ein Häuschen im Grünen! Sie wollte nur ab und zu Zärtlichkeiten mit ihm genießen und doch sollte er nur sie allein begehren. Alles würde sie dafür tun.

Allem Anschein nach verkörperte Sharif alle diese

Wünsche in ihr und er schien der perfekte Mann für sie zu sein.

Doch nicht nur die Faszination, die Sharifs Erscheinungsbild auf sie ausübte, auch die lange Zeit des Lebens wie im Zölibat waren die Auslöser für ihr spontanes Handeln!

Entgegen des vereinbarten Gesetzes zwischen Zoey und ihrer Freundin Lilli, das es ihnen verbot, sich von einem potentiellen Anwärter nach Hause bringen zu lassen, handelte Zoey doch nicht sträflich. Aber sie konnte sich nicht einmal mehr an ihr »letztes Mal« genau erinnern, so lange war es her!

Zoey verstieß nicht gegen die Regeln, als sie mit Sharif in sein Hotelzimmer ging, an dessen Tür in goldenen Ziffern die Nummer 126 klebte.

Unglaublich schnell hatten sie sich gegenseitig entkleidet und ihre nackten Körper aneinander gepresst. Zoey gab ihm einen verführerischen Augenaufschlag. Dann löste sie sich etwas aus seiner Umklammerung, indem sie ihn leicht von sich wegdrückte.

Sofort senkte sie den Blick zu Boden, dem seiner unweigerlich folgte. Ganz verstand er diese Geste nicht, aber er suchte eiligst nach dem Grund dafür, wollte er sie doch in der nächsten Sekunde auf das große Bett bugsieren und mit ihr das, was sich zwischen Himmel und Erde befindet, sehen und in vollen Zügen genießen. Doch stattdessen hafteten ihrer beiden Blicke an seiner, auf dem Teppich liegenden Hose. So, wie ihre Mütter sie geboren hatten - völlig nackt - sackten sie gemeinsam und gleichzeitig in die Hocke. Unten angekommen griff Zoey nach seiner Hose, löste auch noch den zweiten Arm von Sharifs muskulösem Körper und zog den Gürtel aus diesem Kleidungsstück. Was will Zoey mit meinem Gürtel?, fragte er sich.

Sharif musste sich beherrschen und angestrengt unterdrückte er seine potenzielle Energie.

Zoey flüsterte: »Sharif, bist du mit den Gedanken noch bei mir?«

Sharif öffnete seine zuvor geschlossenen Augen, und ein leichtes Schütteln brachte ihn wieder in die reale Situation zurück.

»Ich denke nur an dich, mein Schatz!«, antwortete er ihr und sah sie fest an. Vor einigen Sekunden hatte er sicher geglaubt, dass ihn diese junge, bezaubernde und ihm fast die Sinne raubende faszinierende Frau, deren Nacktheit er am eigenen Körper spüren konnte, viel zu frühzeitig in die Welt der Glückseligkeit befördern würde. Er schaffte es jetzt, diesen wichtigen Moment noch hinauszuzögern um ihn mit ihr gemeinsam er-leben zu dürfen.

Zoey benötigte einige Sekunden, um sich zu finden, denn auch sie war durch Sharifs scheinbare Abwesenheit etwas fahrig geworden und ohne zu wissen, was seine sichtliche Abwesenheit ausgelöst hatte, ließ sie den Gürtel, den sie aus seiner Hose gezogen hatte, einfach zu Boden fallen.

Mit ihren nun freien Händen nahm sie seinen Kopf und küsste Sharif leidenschaftlich.

Er erwiderte ihre Liebkosung und streichelte ihren ganzen Körper.

Sanft fuhren seine Hände an ihrem Rücken hinab und ihre zarte Haut gab ihm ein Gefühl der Lust. Lust darauf, noch mehr von ihr spüren zu dürfen.

Leis` stöhnte sie auf, als er ihr nun mit der Zunge scheinbar ein Wort auf ihren Brustkorb schrieb. Sie öffnete die Augen, sah in seine, die vor Sehnsucht und Begehren nach ihr leuchteten wie lichtbestrahlte Fassetten. Sie wollte ihm nichts aufzwingen und sie hauchte entschuldigend: »Verzeih`, wenn ich dich zu etwas drängen wollte, was du vielleicht nicht willst. Es muss nicht sein, glaub` mir, es ist schön so. Deine Küsse sind so wundervoll.«

Jetzt verstand er genau, was sie meinte, wenngleich sie ihre Worte verschlüsselte, doch dann schüttelte er seinen Kopf und sah in ihre nur noch halb geöffneten Augen. Er küsste ihre Wangen und seine Lippen nippten alsbald an ihrem Ohrläppchen. Sie spürte seinen Atem und vernahm seine zärtlichen Worte:

»Ich will das auch. Mach` weiter, wo wir aufhörten!«

Diese Forderung ließ sich Zoey nicht ein zweites Mal sagen. Sie handelte sofort.

Gleich darauf zwang sie ihn sich lang auszustrecken.

So wie er jetzt da lag, auf dem Teppich, mochte er wohl fast zwei Meter des Hotelzimmers mit seiner begehrenden Männlichkeit bedecken.

Die Spannung stieg und Sharif musste sich wieder irgendwie im Zaum halten können.

Sein Körper bebte und noch immer wusste er nicht, welche Rolle ihm zugedacht sei in Zoeys außergewöhnlichem Liebesspiel. Ganz gleich was Zoey von ihm wollte, er war zu allem bereit. Aber lange würde er es nicht mehr aushalten.

Das brauchte er auch nicht, denn Zoey zeigte ihm auch ohne Worte, welche Vorlieben sie während ihres Liebesspieles bevorzugte.

Solches Blitzen in den Augen einer Frau, das dem Blick einer angriffslustigen Katze ähnlich war, hatte Sharif noch nie zuvor gesehen. Seine Meinung, dass Frauen sich erst ab Mitte dreißig im Liebesakt völlig hingeben können, dass sie erst dann volle Befriedigung finden, verpuffte in Windeseile.

Solch eine Frau wie Zoey hatte er noch niemals zuvor »lieben!« dürfen. Sie hatte in ihm ein Verlangen geweckt, das tief in ihm geschlummert hatte und ohne Zoey nie ans Licht gekommen wäre.

Er konnte die Folgen dieser Erweckung nicht sehen und auch nicht spüren. Sein Rückgrat war von unzähligen roten Streifen übersät, doch er verspürte keine Schmerzen. Die Erinnerungen an die letzte Nacht ließen ihn seine Gedanken an die Zukunft und die wahre Realität verpuffen. Immer wieder wollte er mit ihr diese Zweisamkeit genießen.

Zufrieden und völlig erschöpft lag Zoey auf dem Bett, neben Sharif. Leise flüsterte sie ihm zu: »Ich wollte dich nicht nötigen, aber ...«

»Aber, es war einfach fantastisch!«, unterbrach er sie und zog sie wieder dicht an sich heran.

Der Gürtel lag genau zwischen ihnen und Sharif lächelte nur sanft, als er ihn entfernte, indem er ihn vom Bett hinunterstieß.

»Du bist einfach klasse!«, flüsterte er ihr zu. »Wie konntest du das nur erahnen?«

Zoey kniff ein Auge zu:

»Ich hatte es nur vage gehofft und du ...«

Sharif schnitt ihr das Wort ab und presste seinen Mund auf ihren. »Du hast richtig gedacht, du hast mir den größten Traum erfüllt. Das hätte ich von Grace niemals bekommen ...« »Grace? Wer war sie?«, wollte Zoey wissen. »Warst du lange mit ihr zusammen?«

Sharif stieg Röte ins Gesicht und er stotterte: »Ja, ja, sie war eine ganze Weile meine Geliebte, doch ich ...«

Liebevoll streichelte Zoey über sein Haar.

»Du musst dich nicht rechtfertigen. Was vorbei ist ist vorbei, jetzt haben wir doch uns gefunden. Mich interessiert die Zukunft, was in deiner Vergangenheit war, ist vergessen.«

Ohne auch nur an den Gürtel zu denken, liebten sie sich noch mal mit voller Hingabe und sahen ihrer beiden Zukunft vor Augen.

Doch all das Wunderbare hatte plötzlich seine Zeit gehabt. Als Sharif Zoeys Hand noch einmal küsste und sich in Richtung Bad begab, verwandelte er sich darin wohl urplötzlich in einen anderen Menschen.

Als er das Badezimmer betreten hatte, war er noch Sharif gewesen, doch als er seinen muskulösen Körper schon Sekunden später wieder vor Zoey postierte, sah er aus, als hätte ein böses Tier von ihm Besitz ergriffen.

Puterrot und schnaufend stand er da. Wortlos starrte er sie an und sein Atem raste wie der eines Marathonläufers, der sein Ziel endlich erreicht hatte.

Zoey schmunzelte und schickte ihm einen kessen Blick, doch in Sharifs Augen erkannte sie plötzlich die Ernsthaftigkeit die in seiner Mimik lag.

Anfangs glaubte Zoey, Sharif spielte nur diesen bösen Blick und er wollte sie noch mal besitzen und diesmal wie ein wildes Tier über sie herfallen. Aber nun erstarrte sie förmlich vor Angst. Was war nur mit ihm passiert? Sie hatte weder das Geräusch des Wasserhahnes noch der Duschbrause vernommen. Wieso war er so schnell zurückgekommen und stand jetzt wutentbrannt vor ihr?

»Wa ..., wa …, was ist mit dir ...?«, stotterte sie schockiert. Sharif ballte die Hände zur Faust und schnaufte jetzt wirklich wie ein Tier - wie ein Stier in der Arena. Noch immer war er nicht in der Lage sich verbal zu äußern, kreisten ihm doch die Gedanken im Kopf umher.

Zoey krabbelte an den Rand des Bettes, bedeckte ihren

nackten Körper mit dem verwühlten Laken und starrte ihn an wie ein Kaninchen die Schlange.

Ihr Herz raste vor Angst und sie war kurz davor, um Hilfe zu schreien, als sich Sharifs Angespanntheit urplötzlich verlor und er mit einem Gesichtsausdruck, der nur wie pure Verzweiflung aussah, auf das Bett sackte. Zoey holte tief Luft und konnte wieder klar denken.

Ohne sich Sharifs Erklärung überhaupt anhören zu wollen, denn der Schrecken saß ihr tief, nutzte sie den Moment Sharifs scheinbarer Abwesenheit und griff nach ihrem Kleid, das gleich neben dem Bett lag. Stocksteif und nun mit geschlossenen Augen verharrte Sharif apathisch und immer noch wortlos in seiner Position. Zoey hatte nur einen Gedanken - weg von hier!

Blitzschnell und so, wie sie Gott geschaffen hatte - nackt - und nur mit dem dünnen Textil in der Hand, rannte sie zur Tür, drehte den Schlüssel darin und eilte auf dem Flur davon.

Zu ihrem Glück waren keine Hotelgäste zu erspähen, denn es war ja auch noch sehr früh am Morgen. Kurz hielt sie inne, hob ihr Kleid in die Höhe und wollte soeben hineinschlüpfen, da hallte ein Schrei in den Gemäuern des Hotels wider. Es war ein Schrei, der Wut und Verzweiflung zugleich verriet. Und Zoey wusste ganz genau, aus welchem Mund dieser Laut entsprungen war. Sharif hatte seine Stimme wieder-gefunden und ganz gleich, was ihn dazu bewegt hatte: Zoey lobte ihren gelungenen Fluchtversuch, denn irgendwas konnte mit ihrem Liebhaber, der sie letzte Nacht fast bis zur Besinnungslosigkeit geliebt hatte, wohl nicht ganz stimmen. Sie war froh, jetzt weit hinter der Tür des Hotelzimmers zu sein. Endlich rutschte ihr

Kleid über ihren Körper und verdeckte ihre Nacktheit. Das war auch dringend nötig. Denn unmittelbar danach öffnete sich die Hotelzimmertür, vor der sie stand. Eine Frau mit weißem Haar, die definitiv durch diesen Schrei aus ihrem Schlaf aufgeschreckt worden war und sicherlich der Ursache auf der Spur nun suchend aus dem Zimmer lugte, erspähte Zoey. Erschrocken fuhr die alte Dame zusammen und warf sich ihre rechte Hand auf ihren Brustkorb.

»Mädel, oh Mädel! Hab` ich mich erschreckt. Was machen Sie hier vor meiner Tür und was war das nur eben für ein Schrei? Ich habe einen sehr leichten Schlaf.«

Die Frau betrachtete Zoey von oben bis unten und bemerkte deren leichte Aufmachung sofort. Zoey stand wie angenagelt kerzengerade vor ihr, zuckte mit der Schulter und presste nur die Lippen aufeinander. Unweigerlich verband die weißhaarige Frau dieses Mädel mit dem Vorfall und dem ihr die Ruhe raubenden durchdringenden Schrei. Sie war ja auch mal jung gewesen und hatte ihre Erfahrungen mit Männern gemacht. In ihrer Jugend war sie kein unbeschriebenes Blatt. Daher wusste sie, wie cholerisch manche Liebhaber reagieren konnten, wenn irgendetwas nicht ganz nach ihrem Plan ablief. Doch das würde sie niemals zugeben.

Verschmitzt lächelte sie Zoey an und machte eine Kopfbewegung, die Zoey animieren sollte, schnell von diesem Ort zu verschwinden.

Zoey reagierte nicht auf dieses Zeichen, irgendwie fühlte sie sich benommen und schüttelte, unschuldig aussehend und damit ihre peinliche Situation retten wollend, nur den Kopf. Sie hatte keine Ahnung, was in den Gedanken der Frau umherspann und konnte oder wollte deren Geste nicht deuten.

Sie wollte nur den Anschein erweckten, dass sie nichts mit dem Schrei verband. Nein, ganz gleich, was sie mit diesem Sharif Zärtliches erleben durfte und ganz gleich, wie schön das auch war, sie wollte ihn nur aus ihren Gedanken streichen.

»Mädel, wollen Sie nicht hereinkommen und das schnell?«, unterbrach die Frau Zoeys Starre.

Zoey riss die Augen auf und schlagartig wurde ihr bewusst, dass sie hier weg musste. Das war doch ihr einziger Gedanke gewesen, als sie das Liebesnest, das sich von einer Sekunde in die andere in ein Gruselkabinett verwandelt hatte, verließ.

Jetzt schreckte sie auf und blickte den langen Flur hinunter.

»Nein, wenn er mir folgt ...?«, stieß sie ängstlich hervor. Panik stand ihr ins Gesicht geschrieben, als sie sich dann doch an der Frau vor ihr vorbeidrängte und in deren Hotelzimmer verschwand. Die Hände vor`s Gesicht gepresst, saß Zoey auf dem Hotelbett, als die alte Dame die Tür verriegelte und auf sie zuging. Sanft streichelte die Frau über Zoeys Rücken und meinte beruhigend: »Atmen Sie tief durch. Jetzt sind Sie in Sicherheit. Wenn er jetzt noch aus den Zimmer käme, würde er sie niemals finden.«

Zoey zitterte am ganzen Leib und die Frau legte ihr ihren Morgenmantel um die Schultern. Langsam kam Zoey wieder zu sich und blickte ihre Retterin erstaunt an, die sich vis - a`- vis in den Sessel gesetzt hatte.

»Wer sind Sie, mein Schutzengel?«, fragte Zoey und fuhr sich sinnierend durch ihr dunkelblondes, schulterlanges, lockiges Haar. Die Frau winkte ab. »Ich doch nicht. Glauben Sie mir, ihr Erscheinungsbild kommt dem schon viel näher, als meines.«

Tausende Lachfältchen überzogen ihr Gesicht als sie hinzufügte: »Tja, und wenn man dann so aussieht, macht das die Männer ganz verrückt. Wenn dann irgendwas Unerwartetes passiert, werden sie auch manchmal zu Bestien. Sie haben es ja spüren müssen.«

»Wie kommen Sie nur darauf?«, warf ihr Zoey zu. Doch dann fühlte sie sich ertappt und wollte der Frau nichts weiter vorspielen. »Wie können Sie wissen, dass es genau so war?«

Die Frau ging auf Zoey zu und äußerte sehr vertraulich und persönlich klingend. »Mädchen, ich habe gut funktionierende Ohren und auch noch gute Augen. Du musst mir nichts vormachen. Ich muss und will auch gar nicht wissen, was passiert ist. Glaub´ mir, ich war auch mal jung und ich war fast ebenso hübsch, wie du es bist, auch wenn das über ein halbes Jahrhundert her ist. Das, was dir da passiert ist, erinnert mich sehr an meine Jugend. Ich hatte auch meine Probleme mit den Männern. Und ob du es mir nun glaubst oder nicht: erst mit Mitte Fünfzig fand ich den Mann für´s Leben. Melcom war sogar noch vierzehn Jahre älter als ich. Ich habe nicht darauf geschaut, was er ist und was er hatte – ich liebte ihn einfach von ganzem Herzen!!! Wir heirateten schon nach zwei Monaten. Es war eine Liebesheirat, denn wir lebten wirklich bescheiden. Wir hatten nur uns! Doch leider nahm ihn mir das Schicksal schon nach knapp zehn Jahren wieder. `Dieses Jubiläum - unseren zehnten Hochzeitstag - wollen wir ausgiebig feiern`, hatte Melcom immer gesagt, doch ich gab nicht viel darauf, denn wir hatten ja nicht viel Geld dafür übrig. Ich wollte ihm an diesem Tag meine ganze Liebe schenken und zeigen, wie sehr ich ihn liebte. Aber dann, drei Wochen vor diesem Tag, überlebte er seinen dritten sehr schweren Infarkt nicht und ich erfuhr leider nur durch den Testamentsvollstrecker, was Melcom mir zu unserem Jubiläum schenken - oder besser gesagt - offenbaren wollte ...! Möchtest du wissen, welch` letzte Worte er mir hinterließ?«

Zoey, die gespannt zugehört hatte, nickte kräftig, und obgleich sie diese Frau gar nicht kannte, war sie ihr so sehr vertraut und sympathisch, als kannte sie sie schon lebenslang.

Die Dame griff nach ihrer Handtasche und faltete ein Blatt Papier auseinander. Winzige Tränen rannen ihr die Wangen hinunter und sie schluchzte leise.

Seine letzten Worte im Testament waren:

»Ich danke dir, Schatz, für all die schönen Jahre, die ich mit dir erleben durfte. Du warst meine wahre Liebe und du hast sie mir gezeigt. Wenn du diese Zeilen liest, bin ich nicht mehr am Leben. Verzeih` mir bitte, dass du jetzt auf diese Art und Weise von meinem Geheimnis erfahren wirst. Gern hätte ich unseren zehnten Hochzeitstag mit dir ausgiebig gefeiert und glaube mir, AUSGIEBIG ist nicht nur ein Wort, das wir in all den Jahren zuvor nicht benutzten. Ich wollte dich mit einer Weltreise überraschen und du, nur du, hättest das Ende bestimmt. Bis ans Lebensende hätte die Reise dauern können. Bitte bleibe ruhig und hole tief Luft, bevor du weiter liest! Ich bin zwar alt, aber ich leide nicht an Demenz oder sogar Alzheimer. Ich bin meiner Sinne mächtig, glaub´ mir!

Leider kann ich es nicht selber tun, aber Mr. Mc Loughlin, mein Bevollmächtigter, wird dir die Hintergründe für meine kaum glaubhaften Äußerungen erklären. Ihn habe ich beauftragt, meinen Nachlass im Fall der Fälle zu regeln, denn mein zweiter Infarkt war schon besorgniserregend. Verzeih mir, dass ich den

Ärzten verbot, dich über die Schwere meiner Krankheit zu informieren. Ich wollte nicht, dass du traurig bist und dich zu sehr um mich sorgst.

Du wirst dich fragen, was ich wohl zu vererben habe?!

Bitte überstehe die Nachricht gesund und folge mir nicht sobald, denn ich liebe dich und hoffe, du erfüllst mir einen großen, nein, es ist ein riesiger WUNSCH: Lebe!!! und genieße dein Leben auf Erden! Du wirst mich nicht sehen, aber ich werde immer bei dir sein. Jetzt gönn` dir allen Luxus, den du kriegen kannst. Wir hatten uns, doch nun schenke ich dir die Welt. Sieh` sie dir an! Ich werde dich als dein Freund begleiten! «

In Liebe *Melcom*

Die Frau brach in Tränen aus. Sie faltete das Blatt zusammen und steckte es zurück in den Umschlag. Doch obgleich sie die Erinnerungen emotional sehr tief in der Seele schmerzten, erklärte sie Zoey nun den Inhalt des Briefes ganz genau.

»Melcoms Liebe zu mir war ihm so wichtig gewesen und er wollte sie anscheinend für nichts auf´s Spiel setzen. Und so verschwieg er mir, dass er bereits vor vielen Monaten ein beträchtliches Vermögen von seinem Großneffen Orlando Shalhoub geerbt hatte. Dessen Mutter, Sheila, Melcoms Nichte, lebte nicht mit dem Vater des Kindes zusammen. Es war nur ein One Night Stand, der Orlando das Leben schenkte. Man munkelte sogar, seine Nichte hatte es gerade darauf abgesehen. Sie war scheu gewesen, fast prüde und mittlerweile über vierzig und doch erwähnte sie immer, sie wolle irgendwann mal Kinder haben! Oft hatte sie davon geredet und sie hatte sich diesen Wunschtraum anscheinend auf ihre Art und Weise verwirklicht?! Egal wie es sich auch verhalten hatte. Sheila hatte Orlandos Vater nie informiert und er musste auch nicht zahlen. Sheila war durch die profitable Firma, die sie von ihren Eltern übernahm, welche sich zur Ruhe gesetzt hatten, gut situiert. Leider kam es kurz darauf zu einem schrecklichen Unfall. Das Segelboot ihrer Eltern kenterte bei hohem Wellengang, weil Sheilas Vater, Melcoms Schwager nie die richtige Zeit gefunden hatte, um den Umgang mit solch einem Boot erlernen zu können. Beide kamen ums Leben.

Orlando wuchs zum Teenager heran und war schon fast mit der Führung des Unternehmens seiner Mutter vertraut, da erst erfuhr er von der Medikamentensucht seiner Mutter. Jahrelang hatte sie sich mit Antidepressiva heimlich nur so voll gestopft, bis ihr Herz diesen Giften nicht mehr standhielt. Orlando hätte das nie vermutet, denn ihm gegenüber war sie immer liebevoll, wie es nur eine Mutter sein konnte. Sie starb, kurz nachdem er sie im apathischen Zustand ins Hospital einweisen ließ.

Orlando war erst fünfzehn und unmündig. Sein Großonkel Melcom ermöglichte ihm so weiterzuleben, wie zuvor: ohne einen fremden Vormund zu bekommen. Melcom jedoch war Zeit seines Lebens bescheiden, denn ein reicher Unternehmer wollte er nicht sein. Nach stundenlangem Bitten willigte er dann doch ein, die Vormundschaft für Orlando zu übernehmen und wollte den Jungen nur glücklich machen. Er wollte nichts mit der Geschäftsführung zutun haben. Er setzte seine Unterschrift auf das ihm vorgelegte Schriftstück und doch hatte er mit Orlando zusätzlich ein mündliches Abkommen geschlossen:

Orlando sollte ihn aus allem heraushalten!

Das hatte Orlando dann auch getan und er hielt sich

strikt daran. Selbst als die Ärzte ihm eine schlimme Nachricht mitteilten: `Er hätte nur noch knapp ein Jahr zu leben`, informierte er Melcom nicht. Orlando wusste, dass Melcom kein Geschäftsmann war und auch nicht sein wollte. Und da Orlando mit seinen achtundzwanzig Jahren noch keine wirkliche Chance gehabt hatte, eine eigene Familie zu gründen, verkaufte er sein gesamtes Unternehmen.

Die Firma war in anderen Händen, doch Orlando setzte Melcom als alleinigen Erben über sein gesamtes Vermögen ein. Er war seinem Großonkel etwas schuldig und was blieb ihm auch anderes übrig? Sollte er all das Geld irgendwelchen Vereinen spenden? Orlando hatte wohl daran gedacht, dass er nach seinem Ableben ja nicht in Melcoms Augen blicken konnte, wenn dieser davon erfuhr. Eine große Bürde - die Firma - hatte er ihm ja nicht aufgehalst! Seine Dankbarkeit war niedergeschrieben und was sein Großonkel mit dem Vermögen dann letztendlich machte, konnte ihm egal sein. Orlando musste mit so jungen Jahren an einer vererbbaren Blutkrankheit sterben, die mit eindeutiger Sicherheit aus der Linie seines Vaters kam.

Orlandos Zeit auf Erden war abgelaufen - hoffnungslos! Alle teuer erkauften möglichen Spender, die sich hatten testen lassen, erwiesen sich als ungeeignet. Auch mit viel Geld kann man manches Vermächtnis nicht freikaufen! Genau das musste Orlando am eigenen Leib erleben und er musste es mit dem Leben bezahlen.

Die alte Dame drückte den Umschlag fest an ihre Brust und dann fügte sie hinzu: »Melcom hatte keinen einzigen Cent von seinem Erbe ausgegeben. Am 12. Mai, unserem zehnten Hochzeitstag, hätte er angefangen wirklich zu leben und er wollte das Geld mit mir ausgeben. Doch er ...«

Die Frau zog ein Taschentuch und schnäuzte sich. Sie war nicht mehr fähig weiterzusprechen. Aber innerlich fühlte sie sich, als wären die Ketten, die sich um ihr Herz gelegt hatten, gesprengt worden. Zoey war die erste Person und noch eine wildfremde dazu, die von diesen schmerzlichen Emotionen, die diese Frau schon lange marterten, erfuhr.

Zoey zerwühlte ihre Haarpracht mit ihrer linken Hand. Die eben gehörte wahre Geschichte war einfach unglaublich tiefgreifend, und sie war dem Heulen nahe.

»Und jetzt reisen Sie?!«, fragte Zoey interessiert.

Die Frau ließ das Taschentuch verschwinden und lächelte Zoey an.

»Ja, das tue ich. Ich will Melcoms Wunsch erfüllen. Aus diesem Grunde wohne ich ausschließlich in Hotels. Ich reise und sehe mir alles an, was ich nur kann.«

Zoey war fasziniert von dieser Frau und von dem, was sie über sich preisgab.

»Sie haben Recht«, gab sie zu. »Diesen Wunsch müssen Sie ihm erfüllen! Es ist nicht so einfach den Mann für`s Leben zu finden. Aber ich bin etwas anders. Sie waren sicherlich nicht so wie ich. Wir leben nun in einer anderen Zeit und ich habe bestimmte, naja, Vorlieben in mir, von denen Sie sicherlich in ihrer Zeit noch nicht mal zu träumen wagten.« Beschämt sah Zoey nun zu Boden, denn sicherlich würde sie sogleich erklären müssen, was sie damit meinte. Als die Dame den Briefumschlag zurück in ihre Handtasche steckte, schreckte Zoey plötzlich auf und ihr Gesicht wurde kreideweiß.

»Was ist, was ist passiert?«, fragte die Frau sichtlich besorgt. Zoey riss die Augen auf. »Meine Tasche, ich habe meine Tasche im Zimmer gelassen.«

»Ganz ruhig! Sind da denn Papiere drin?«

Zoey musste sich sammeln und gleich darauf schüttelte sie den Kopf. Erleichtert rieb sie sich die Augen und atmete tief durch, als ihr einfiel, dass sie ihren Ausweis ja gar nicht eingesteckt hatte. Sie hatte Lillis und ihr eigenes Gesetz zwar irgendwie übertreten, da sie mit Sharif auf's Hotelzimmer gegangen war, aber ihre Anonymität war gesichert. Nur ihr Handy für den Notfall und aus gleichem Grund ihre Geldbörse hatte sie darin verstaut gehabt.

»Also keine Papiere, Mädel«, verstand die alte Frau aus Zoeys Gesichtsausdruck.

»Dann ist doch alles Paletti.« »Ja!«, gab Zoey erleichtert von sich. Die Dame mit dem weißen Haar lächelte sie an. »Ganz gleich, was es ist, ich bin für alles aufgeschlossen. Wenn du willst ...« Sie stockte mit einem Mal. Erst jetzt bemerkte sie ihre Vertraulichkeit, die sie unwillkürlich zu dieser fremden jungen Person aufgebaut hatte und meinte mit der Hand vor dem Mund: »Oh, mein lieber Gott. Ich bin wohl völlig in Sie vernarrt gewesen? Entschuldigen Sie bitte, dass ich Sie die ganze Zeit so persönlich ansprach. Ich habe mir immer eine Tochter gewünscht und leider nie ein Kind bekommen. Ohne den richtigen Mann und Vater, wollte ich mir das nicht antun, und als ich dann doch dazu bereit war - auch ohne festen Partner, ähnlich wie Sheila, ein Kind erziehen zu wollen - war es wohl zu spät, denn es klappte nicht. Irgendwas veranlasste mich, Sie spontan duzen zu müssen. Ich habe Ihnen so viel über mich erzählt, ohne zu fragen, ob Sie das hören möchten. Verzeihen Sie mir, bitte!?«

Zoey lächelte über`s ganze Gesicht und winkte ab.

»Sie müssen sich nicht entschuldigen. Ich fand es einfach ganz fantastisch. Das vertrauliche Gespräch habe ich sehr genossen, denn Sie sprachen so offen zu mir wie eine Mutter - glaub` ich jedenfalls - denn ich vermisste solche Gespräche immer, da ich keine Mutter dafür hatte.«

Besorgt blickte die Dame Zoey an. »Unglaubliche Zufälle gibt es, das kann man wohl sagen.«

Endlich postierte sich die Frau vor Zoey, reichte ihr freundschaftlich die Hand und meinte: »Ich weiß, es kommt ziemlich spät, aber ich heiße Khandi Shalhoub und jeder, der mir nahesteht und dem ich das gestatte, darf mich - das erfand mein Ehemann – Mrs. Sugar, oder nur `Sugar` nennen und natürlich auch duzen.«

Zoey schmunzelte und nahm die Hand der Dame.

»Dieser Name passt genau zu Ihnen, da geb` ich ihrem Mann Melcom Recht.«

Mrs. Sugar verstärkte ihren Händedruck und Zoey begriff sofort und verbesserte ihre Aussage: »Oh, ja, ich meine, dein Mann wusste genau, dass du Zucker für die Seele bist. Ich heiße Zoey Marshall und was ich von mir sagen kann, ist: Ich arbeite als Floristin. Ich lebe mit einer sehr guten Freundin schon seit vielen Jahren zusammen und wir versuchen seit kurzem auf dem Wege der Kontaktanzeigen den richtigen Partner für`s Leben zu finden. Meine Freundin ist einige Jahre älter und da sie, im Gegensatz zu mir, Kinder haben möchte, wird es höchste Zeit für sie. Sie ... äh, du hast es ja selbst erlebt und der Zeitpunkt für die Verwirklichung eines Kinderwunsches ist mit einem Mal nicht mehr realisierbar.«

Zufrieden lösten Sugar und Zoey ihren Händedruck.

»Wichtig ist nur, dass dir heute nichts passiert ist«, begann Sugar wieder und sie hoffte inständig, Zoey würde ihr ihre momentanen Gefühle offenbaren. Wie gern hätte sie solch ein inniges und vergleichbares Tochter - Mutter - Gespräch mit diesem jungen Mädel geführt und erfahren, was deren Balange betraf! Und Sugars Wunsch erfüllte sich ...

Zoey hätte sowieso in den nächsten Stunden nicht gewagt, das Hotel zu verlassen, aus Angst, ihrem argwöhnischen Liebhaber über den Weg zu laufen.

Der Hotelzimmerservice hatte das Frühstück ins Zimmer geliefert und beide Frauen hatten alles, was sie sich wünschten: Essen, eine warme Dusche und ein vertrauliches Gespräch, wobei nun auch Zoey von sich erzählte.

Zoey wusste nicht recht weshalb, aber sie empfand ein wohliges Gefühl in Gegenwart dieser Sugar. Lilli war bislang der einzige Mensch gewesen, der ihr zugehört hatte, wenn sie irgendetwas auf dem Herzen gehabt hatte. Sugar war ein mentales Geschenk. Es war unglaublich, aber Sugar hatte anscheinend wirklich viel Lebenserfahrung in Sachen Liebe und durch sie und durch Zoeys Offenheit zu ihr knackten sie das Rätsel, das sich hinter Sharifs plötzlicher Veränderung und dessen Wutschrei verbergen musste.

Sie waren sich sicher, dass sie den Grund gefunden hatten und Zoey war verblüfft, denn so könnte es sich wirklich abgespielt haben ... Sie kamen zu dem Schluss: Würde sich Sharif keine glaubhafte Lüge für das Entstehen der Striemen einfallen lassen, die sich auf seinem Rückgrat befanden, wäre er wohl dieser *Grace*, die er während des Liebesaktes mit Zoey erwähnt hatte, eine adäquate Erklärung schuldig!

Weder Zoeys Adresse, noch ihren vollständigen Namen hatte sie während des Treffens mit Sharif preisgegeben! Sharif hatte sicherlich Zoeys Handy in ihrer Tasche gefunden und auch die Geldbörse, aber damit konnte er nichts anfangen.

Zoey hatte das Telefon ausgestellt und ohne die richtige Pin war es nur ein nutzloses Etwas. Lilli hatte, als Zoey nicht nach Hause kam, mehrfach versucht, sie auf ihrem Handy zu erreichen. Aber niemand hatte den Anruf entgegengenommen. Zoey lobte sich im Nachhinein für diese Sicherung, denn sie hatte bestätigt, wie wichtig das Einhalten der aufgestellten Regeln war.

Sharif hatte zwei Andenken von ihr, nicht mehr!! Was er damit tun würde, wäre ihm überlassen. Mit den fünfzig Dollar könnte er einen Teil seiner Rechnung abgleichen, aber das Handy? Zoey war das ganz gleich. Sie hatte Sharif für sich abgehakt. Viel zu viel Angst hatte er ihr gemacht, als er sie so angesehen hatte, als ob er sie gleich umbringen würde. Sie erzählte Lilli, was sie erlebt hatte. Der Großteil des Abends war einfach ein tolles, wunderbares Erlebnis mit diesem Sharif. Und Zoey war nach dieser Eskapade auch erst am nächsten Nachmittag zu Lilli nach Hause zurückgekehrt.

Lilli war so in Sorge um Zoey und schon kurz davor gewesen, die Polizei zu informieren. Doch was hätte ihr das gebracht? Einem Herzinfarkt nahe lauschte Lilli Zoeys Berichterstattung und sie hoffte inständig, dass ihre Freundin nun, nach diesem Erlebnis, endlich die Finger von Kontaktanzeigen lassen würde.

War es nun nur der Scham wegen, oder hatte sie es völlig vergessen? Zoey erzählte Lilli von der alten Dame, die sie in ihr Zimmer holte, als sie vor Sharif

flüchtete, aber Zoey erwähnte weder deren Namen, noch erwähnte sie eine getroffene Abmachung mit dieser Khandi Shalhoub, die den Kosenamen `Sugar` trug. Hatte Zoey es absichtlich vergessen?
Ja, vergessen musste Zoey und das zum wiederholten Male!

WAS WEITER AM SONNTAG, 28. JANUAR GESCHAH

Seit dem letzten Treffen waren fast drei Monate vergangen.
Nun hatte Zoey ein nächstes Date mit einem Unbekannten, um das sie sogar mit Lilli gespielt und mit einer nur geringfügig höheren Würfelaugenzahl gewonnen hatte. Was Zoey nicht wusste, war, dass Lilli sie nur beschützen wollte und dieses Match um den neuen Interessenten bewusst angesetzt hatte. Nun hatte Zoey schon mehrere unglaubliche Treffen gehabt. Wie würde wohl das Nächste sein? Lilli hatte Angst um Zoey, doch wie sollte sie ihr das sagen? Sie selbst hatte die Idee gehabt, auf Anzeigen antworten zu wollen. Da sie die Ältere war und ihre biologische Uhr langsam zu ticken anfing und sie ja tief im Inneren den Wunsch hegte, im Leben ein Kind zu bekommen, wollte sie diesen Weg nutzen. Unweigerlich hatte sie Zoey, die ja noch viel jünger war und vielleicht auch auf dem üblichen Weg die Chance hätte, einen Partner kennenzulernen, damit hineingezogen.
Zoey war dabei einige Male ins Fettnäpfchen getreten und doch war es jetzt zu spät, sie von diesem Weg noch abzubringen. Zoey war hart im Nehmen, aber anscheinend genoss sie diese Treffen und fühlte sich auch nach einem misslungenen Date völlig euphorisch,

denn sie war durch das Gesetz, das sie gemeinsam aufgesetzt hatten, immer sicher davongekommen. Jede Erniedrigung, wenn sie die als solche für sich annahm und auch als solche empfand, war für sie ein Höhepunkt, den sie als Höchstgenuss empfand. Anders konnte sich Lilli das nicht erklären!

Lillis Bekanntschaften und Dates verliefen eher harmlos, doch Zoey suchte anscheinend nach Abenteuern, die sie fast an den Rand des Wahnsinns beförderten. Brauchte sie diesen Kick vielleicht?

Es benötigte nur einiger Wochen und Zoey hatte ihre schlechten Erfahrungen schon vergessen, von denen sie doch zuerst so gemartert wurde. Sie ließ sich nicht belehren!

Nun war es wieder soweit. Sie fühlte sich wohl und sicher durch das geschriebene Gesetz und es funktionierte ja auch! Denn keiner der Männer hatte sich jemals wieder bei ihr gemeldet. Es war ja auch gar nicht möglich. Aus diesem Grunde machte sie sich auch keine Sorgen mehr darum. Nun suchte sie nach der nächsten Herausforderung. Lilli musste einfach zusehen, was anderes blieb ihr nicht.

Wenn nicht gleich heute, aber in den nächsten Tagen, würde Zoey diesen Mann, dem sie schon den weichen Namen `Softy` verpasst hatte, anrufen. Lilli bangte schon jetzt um Zoey, ahnte sie doch instinktiv ein weiteres größeres Unheil auf ihre Freundin zukommen ...

Erstaunlicherweise ließ Zoey noch ganze zwei Wochen verstreichen bis sie endlich ihr Handy nahm und den `Softy` anrief. Welche Gründe sie dazu bewegten, wusste Lilli nicht. Hatte Zoey vielleicht doch Angst vor einem nächsten unschönen Treffen? Aber es war keinesfalls so, wie Lilli dachte, denn Zoeys geschmiedeter Plan ging auf. Zoey erklärte Lilli, dass sie sich mit Ryan – so hatte er sich am Telefon vorgestellt, für Samstag im Blue Night Club verabredete hatte und dass genau das, was sie sich mit ihrer langen Verzögerung erhofft hatte, eingetreten war. Schon an Ryans Stimme hatte sie seine Frustration erkennen können und diese passte zu ihrem Plan. Zoey hatte sofort gespürt, dass er noch immer nicht das richtige Date mit einer ihm angenehmen Partnerin hinter sich hatte. Sie ahnte im Stillen, dass das, was dieser Mann zu suchen schien, unweigerlich auch ganz unpassende Mädels anziehen würde. Natürlich meinte sie damit diese Sorte Mädchen, die nur den Reichtum aus seiner Anzeige lasen.

Ryans Stimme war ruhig, fast desinteressiert. Und trotzdem packte Zoey die Lust und die Herausforderung, diesen Typen kennenzulernen.

Zoey hatte einige Worte ins Gespräch hineingeflochten, die bislang jeden Mann, den sie am Telefon gehabt hatte, davon überzeugten, dass sie anders, als andere Mädels war ...!

Lilli war verzweifelt. Wie sollte sie ihrer Freundin nur sagen, dass sie Angst um sie hatte und sie beide das mit den Inseraten endlich lassen sollten? Zoey hatte ja doch ihren eigenen Kopf. Während ihrer Jugend wurde sie gehänselt und musste nach strengen Vorschriften leben, jetzt war sie frei und durfte ihr Leben selbst bestimmen.

Zoey war soweit und sie verabschiedete sich von Lilli. Sie hatte sich ganz normal mit Jeans und Pulli mit V-Ausschnitt gekleidet und sich nur ihr seidenes hellblaues Tuch um den Hals gebunden. Sie ließ ihr Cocktailkleid im Schrank, weil sie sich nicht mit freizügigem Dekolletee und langen nackten Beinen diesem Ryan präsentieren wollte. Er suchte für sich doch anscheinend ein Mädel, das bereit war, mit ihm zu leben, das für ihn da war, mit dem er viel unternehmen kann und mit dem er nie wieder einsam war. Und die Blubberblasen in seinem großen Whirlpool - wenn es den wirklich gab - würde Zoey auch mit ihm zählen, wenn nötig. Sie wusste, was diese Äußerung zu bedeuten hatte. Solch einen Mann wollte sie doch und sie würde ihn mit ihrem Verstand, mit Charme und mit ihrer weiblichen Anziehungskraft verzaubern.

»Pass auf dich auf!«, hatte Lilli gesagt, als sie ihr ihre Autoschlüssel gab. Denn mit diesem Angebot konnte sie vorab schon mal verhindern, dass Zoey mehr als ein Glas Wein trinken würde und sich auch nicht nachts den Gefahren, die im U-Bahnverkehr zuweilen Schrecken auslösten, aussetzen musste.

»Ich danke dir«, meinte Zoey ehrlich. Und als sie Lillis besorgte Mine erkannte und sie beruhigen wollte, fügte sie hinzu: »Lilli! Dieser Softy wird mich nicht gleich im Whirlpool ertränken!«

Gleich darauf rastete das Schloss ein und Lilli stand hinter der Tür und spürte, wie sie ein schmerzliches Schaudern überkam. Unfähig sich zu rühren, vergingen wertvolle Sekunden, bis Lilli panisch die Tür wieder aufriss und in den Flur, in dem Zoey verschwunden war, hineinrief:

»Das Gesetz! Denke an das Gesetz!« Keine Antwort drang in ihr Ohr und Lilli rannte zum Fenster, öffnete es und erspähte Zoey noch rechtzeitig, als die gerade die Autotür zuwerfen wollte. »Zoey, halt!« Zoey machte ein bedeppertes Gesicht und schaute hoch. Feine Schneeflöckchen rieselten vom Himmel herab und landeten auf ihrem Haar. Lillis Körper hing über das Fenstersims.

»Sein Whirlpool ist bei ihm zu Hause«, rief diese ihr zu. »Du darfst doch nicht ...«

Zoey riss die Augen auf. »Das hab ich doch nur so gesagt. Pass´ auf, dass du nicht herunterfällst! Die dünne Schneedecke ist doch kein Polster, Lilli. Außerdem habe ich ihm nicht einmal meinen richtigen Vornamen genannt und einfach einen erfunden.«

Lilli schluckte und erleichtert verließ sie ihre gefährliche Position. Wenn es nicht der vierte Stock gewesen wäre, wäre Lilli liebend gern aus dem Fenster gesprungen, nur um Zoey halten zu können und sie nicht davonfahren sehen zu müssen.

»Pass´ bitte auf und fahr´ schön vorsichtig, Zoey!« Mehr fiel ihr nicht mehr ein, denn sie konnte Zoey sowieso nicht mehr halten. Lilli war es, als hinge sie an einem Marterpfahl, als sie sich auf die Couch warf. Sie wollte Zoey nur beschützen und die Erinnerungen an das, was Zoey bereits bei ihren Treffen erlebt hatte, machten sie bewegungslos. Sie hatte Zoey nichts von ihrem bösen Traum erzählt. Das durch den Bordeaux rotgefärbte Annoncenblatt hatte wahnsinnige Albträume in ihr entfacht. Die Zeitung sah aus, als hätte sie jemand benutzt, um damit Blut wegzuwischen. Im Traum hatte sie Zoey gesehen, wie diese sie mit blutverschmiertem Gesicht hilfeschreiend ansah. Doch kein Wort kam mehr über ihre Lippen, denn ihre Lider legten sich über ihre Augen und das zum letzten Mal ...

Noch nie zuvor hatte sie Ähnliches geträumt und auch nichts Anderes, was ihr in den Träumen erschienen war, war auch wirklich eingetroffen. Aber sie hatte Angst, dass gerade dieser Albtraum wahr werden könnte.

Vielleicht war aber auch nichts dran und sie bildete sich diese Visionen nur ein. Womöglich würde Zoey gerade in diesem Ryan den richtigen Partner finden, den sie suchte.

Lilli war viel zu aufgeregt, um an diesem Abend allein in der Wohnung zu bleiben. Blitzschnell, ohne sich das richtig überlegt zu haben, rief sie ihre Kollegin Lauren an, die als einzige von ihren weiteren Bekannten ledig war und in der Nähe wohnte. Lilli lud sie für heute Abend ins Kino ein. Eigentlich wäre sie viel lieber mit Zoey ausgegangen, denn Lauren war eine etwas eigenartige Person, die schon mit ihrem lauten und schrillen Lachen allein manches Aufsehen erregt hatte. Auf Betriebsfesten machte sie sich fast immer unbeliebt, da sie sich übertriebenerweise immer an die attraktiven jungen Auszubildenden heranschleimte. An ihr Alter dachte sie dabei wohl nie, denn immerhin ging sie auf die Fünfzig zu. Bislang hatte sich kein Mann ernsthaft für sie interessiert, aber das war wohl auch kein Wunder, so wie sie sich gab. Den Männern ihrer Altersklasse schenkte sie keinen Blick. Was dachte sie wohl, wer sie war?

Lilli war das jetzt alles gleich, sie suchte Ablenkung und mit Lauren zusammen würde es ein anstrengender und vor allem langer Abend werden. Beide besprachen, dass Lauren sie in zwei Stunden mit ihrem Wagen abholen sollte, da Lilli ihren ja an Zoey verpumpt hatte.

Als Lilli den Hörer auflegte, schüttelte sie den Kopf und fragte sich laut: »Hat dich heute ein Pferd getreten?

Oder bist du auch ohne diesen Stoß schon ganz plemm plemm in der Birne?« Sie verstand sich selbst nicht mehr, aber alles war abgemacht und nun musste sie da durch.

ZUR SELBEN ZEIT IM BLUE NIGHT CLUB

Ryan saß an einem Ecktisch am verabredeten Ort, dessen Name eigentlich nicht ganz zu dem passte, was dieses Restaurant an Vorzüglichkeiten versprach. Es war keine billige Bar, doch der Geschäftsführer hieß mit Familiennamen *Club* und da alle Räume in einem herrlichen Blau gestrichen waren und es rund um die Uhr geöffnet hatte, bekam es so seinen Namen.

Etwas missmutig wartete Ryan auf seine Verabredung, von der er nur den Vornamen Cassi kannte. Mittlerweile hatte er sich in den zwei vergangenen Wochen schon mit sieben `Anwärterinnen`- so bezeichnete er seine Interessentinnen nun - getroffen. Allesamt waren aufgeplusterte, überschminkte und freizügig gekleidete blutjunge Püppchen gewesen, die weder Manieren noch Verstand zeigten. Zoey, die nur Nummer acht für ihn war, sollte die Letzte sein, falls sie wieder nicht die Richtige war. Eigentlich wollte er schon aufgeben und hatte die Nase voll. Doch Zoeys Stimme am Telefon hatte ihm gefallen. Sie klang ihm irgendwie vertraut, obgleich er sich das nicht erklären konnte. Denn er kannte kein Mädchen aus der Gegend, dass Cassi hieß und eigentlich kannte er hier überhaupt keine Mädchen!!!

An die dreißig Anrufe hatte er bislang entgegen-genommen und zuweilen geglaubt, er wäre mit einer Erotikline verbunden - so anbiedernd drangen manche Worte in sein Ohr. Aus der Menge der Anrufe filterte er sieben Mädels heraus, doch als es zum Treffen kam, meinte er, ein Bordellbesitzer hätte seine »Damen« zu ihm geschickt. Nur in solchen Etablissements liefen die Frauen in dermaßen aufreizenden Kleidungsstücken herum, darüber hatte er in Zeitschriften gelesen. Erfahrungen hatte er noch nicht sammeln können. Als Rock oder Hose konnte man die knappen Teile, die manchmal eher wie Fetzen aussahen, jedenfalls nicht bezeichnen. Sie bedeckten kaum das Nötigste.

Nachdenklich stützte Ryan den Kopf auf und stellte sich diese Cassi, die in wenigen Minuten hier erscheinen würde, vor seinem geistigen Auge vor. Er bemerkte nicht, wie sich Zoey ihm genähert hatte und sich zu ihm hinunterbeugte. Sein aufgestellter Unterarm verdeckte sein Gesicht und da Zoey keinen anderen allein sitzenden jungen Mann im Restaurant erspähen konnte, war sie zu seinem Tisch gegangen.

»Sorry! Ich bin hier mit ...«, begann Zoey und Ryans stahlblaue Augen, die sie anfunkelten, raubten ihr jetzt die Worte. Erschrocken sprang er vom Stuhl auf und beide starrten sich sprachlos an. Sie sahen aus, als hätten sie denselben Geist gesehen, doch es war kein Gespenst anwesend. Ryan fing sich als erster.

»Zoey?! Zoey Marshall!«, pustete er aus sich heraus. Zoey schüttelte sich und griff sich an den Kopf.

»Matt, Matt Moore?!«, stotterte sie fassungslos. Ryan oder wie auch immer er hieß, suchte sofort Zoeys Hand und drückte diese fest in seine.

»Ich glaub` das jetzt nicht.« Beide setzten sich, ohne ein weiteres Wort äußern zu können. Zugleich öffneten sich ihre Münder. »Bist *du* etwa dieser Ryan?«

»Und *du* diese Cassie?«

Beide konnten nur noch nicken, was ein gleichzeitiges `Ja` bedeutete.

»Weshalb nennst du dich Ryan?«

»Diese Frage stelle ich auch an dich, wieso Cassi?«

»Ich habe eben meine Gründe!«

»Ich ebenfalls.«

»Was machst du hier?«

»Das frage ich dich auch?«

Zoey drehte ihre Hand aus seiner und besonnen fragte sie: »Soll dieses - gleiche Frage ohne Antwort Spiel - nun so weitergehen?«

»Wenn es sein muss«, gab Matt zurück.

»Hm, es muss wohl sein«, gab Zoey zu und beide, die nicht die Augen voneinander abwenden konnten, klärten die Missverständnisse bei einem Glas Champus, der schon eine Weile kühl gestellt auf dem Tisch stand und auf seinen Verzehr wartete.

IM JAHRE 1985

Zoey und Matt lebten im selben Waisenhaus und während dieser gemeinsamen Zeit dort wurden sie sehr gute Freunde. Matt hatte bei einem Autounfall beide Eltern verloren und kam im Alter von fünf Jahren dorthin. Zoey, die bereits drei Jahre vor ihm dort war und sich an die Betreuer gewöhnt hatte - diese waren für sie ihre Ersatzeltern und sie hatte Vertrauen zu ihnen gefasst - konnte das Weinen und Trauern von Matt nicht ertragen und tröstete ihn. Sie war selbst noch so sehr klein, aber sie schaffte es, Matt zu helfen. Anfangs wuchsen sie wie Geschwister auf und spielten zusammen im Sandkasten. Auch wenn die anderen Jungen ihn dafür hänselten, nahm er das in Kauf. Er beschützte Zoey, wo er nur konnte und stellte sich mutig vor die größeren Buben. Irgendwann ließen diese von den beiden ab und akzeptierten die zwei so, wie sie waren. Brüderchen und Schwesterchen nannten sie sie, und außer dieser Betitelung, wie im Märchen, hänselten sie sie nicht mehr.

Doch Matt und Zoey wuchsen heran, und mit zwölf und dreizehn Jahren veränderten sie sich. Sie verliebten sich ineinander. Erste Jugendliebe ist etwas Wunderbares, und da sie sich schon so viele Jahre gut verstanden hatten, glaubten sie sogar an die große und wahre Liebe. Beide waren sich aber einig: Den sexuellen Kontakt würden sie noch verschieben wollen, bis sie reif dafür wären. Ihre ersten `Kussversuche` waren herrlich und diese erweckten in Zoey viel zu oft ein stärkeres Verlangen nach ihm. Sie unterdrückte das Gefühl angespannt und lebte die weitere Entwicklung stets in ihren Träumen zu Ende ...

Stets und ständig schallt sie sich nach dem Erwachen wegen dieser gefühlsgeladenen Träume. Unglaublich, aber sie träumte von Matt, wie er, in Fesseln gelegt, auf ihre Liebe wartete. Ja, sie träumte von Brutalität, von Schmerzen während des Liebesspieles! Beschämt war sie jedes Mal erwacht und schlug die Zudecke zurück. Sie konnte mit diesen Träumen gar nicht umgehen. Im Waisenhaus gab es keine Aufklärungsbücher. Es war ein Tabuthema, über das niemand sprach. Wie ein Kind entstand, das wusste sie. Sie hörte Matts Worte immer: »Wir sind zu jung und haben noch so viel Zeit. Viel zu schnell könnte es passieren und ein Kind würde uns die Zukunft verderben. Die perfekten Eltern sind noch nicht geboren. Meinst du etwa wir sind dafür ge-schaffen worden, um perfekt zu sein(!)?

Wenn das auch unser eiserner Wille wäre, könnte uns das Schicksal einen Strich durch die Rechnung machen. Wir wären die besten Eltern der Welt, aber ein Unfall – wie es bei meinen Eltern war - würde unsere Kinder ins

Waisenhaus befördern und das ganz ganz sicher, da wir ja auch keine Verwandten mehr haben. Willst du das wirklich?«

Matt hatte außer Zoey nur das Lernen im Kopf. Vater oder Mutter oder vielleicht auch einer seiner Großeltern hatten ihm einen guten Verstand vererbt.

Matt entwickelte sich zu einem Musterschüler, der nur Einsen schrieb. Zoey war da nicht die Beste in der Klasse, aber Matt trug es ihr nicht nach und ließ es sie nicht spüren. Er dagegen wollte irgendwann mal - wenn es ihm möglich wäre - studieren und danach wäre er sicher in der Lage, für sich und Zoey zu sorgen.

Zoey hatte in Lilli damals schon eine gute Freundin gefunden und Matt, so glaubte sie, war ihre große und wohl einzige Liebe für's Leben. Mehr Gutes konnte man sich nicht wünschen. Und beide Teenager beschlossen, gleich nach dem Verlassen des Waisenhauses zu heiraten und wollten für immer zusammenbleiben.

Lilli wusste davon und hatte Zoey im Stillen immer beschmunzelt. In ihren Augen war Zoey noch zu jung für diese Entscheidung einer Bindung für die Ewigkeit - und das war sie auch - aber Lilli wollte ihr diesen Kindertraum nicht nehmen und nach Außen hin freute sie sich für sie.

So jung Matt und Zoey auch gewesen waren, aber sie hatten sich entschlossen, keine Kinder in die Welt zu setzen. Beide hatten ihre Eltern auf verschiedenste Weise verloren und sie würden es erst gar nicht zulassen, dass das Schicksal noch einmal ähnlich zuschlagen könnte.

Beide schworen sich das und wollten diesen Schwur nicht brechen, ganz gleich, was auch immer passieren würde.

Aber was dann passierte war wirklich unvorhersehbar, selten, wie ein Treffer im Lotto, aber es war grausam für die zwei! Ein weißhaariges, ja wirklich `altes` Ehepaar, interessierte sich urplötzlich für Matt.

Diese beiden Leute, schon fast Greise, wollten Matt adoptieren! Matt hatte von ihrer Absicht zuvor nicht gewusst und auch hätte er das niemals geahnt, denn sonst hätte er sich nicht so zuvorkommend zu diesen Leuten verhalten. Er hatte das Gefühl nie kennengelernt, wie es war, Großeltern zu haben und er zeigte all seine guten Seiten, als das Ehepaar das Waisenhaus besuchte. Nie und nimmer hatte er etwas in der Art vermutet.

Was auch immer dieses Pärchen angestellt hatte, ihr Vorhaben fruchtete. Sicherlich hatte es dem Waisenhaus eine großzügige Spende gemacht: vielleicht sogar in Millionenhöhe. Anders konnte Matt sich diese Willkür, diese getroffene Entscheidung über seinen Kopf hinweg, gar nicht erklären. Jetzt war er vierzehn und man hätte ihn doch fragen müssen ...

Matt hatte keine Chance. Niemand kümmerte sich darum, was er sich wünschte. Seine Sachen wurden gepackt und es war wie ein Rausschmiss.

Er stand mit Zoey vor dem Waisenhaus, nicht ahnend, was gleich geschehen würde. Beide hielten sich an den Händen fest. Da fuhr ein riesiger Wagen vor und Matt und Zoey warteten gespannt auf erklärende Worte.

Nichts dergleichen geschah.

Lieblos und ohne jegliches Gefühl hielt ihnen der Fahrer des Wagens ein Schriftstück vor die Nase und meinte tonlos, die Augen auf Matt gerichtet: »Bist du dieser Matt?«

Gleich darauf steckte er es wieder in die Innentasche

seiner Anzugsjacke. Matt nickte und wollte dieses Blatt sehen. Es war schon verschwunden und er wollte sprechen, doch den Mann interessierte nicht, was Matt wollte oder zu sagen hatte.

»Ja, ich bin Matt, aber ...« »Du kannst vorne einsteigen, wenn du willst. Hinten ist es natürlich viel bequemer. Deine Entscheidung!« Nachdem der Fahrer ihm das Wort abgeschnitten hatte, griff er nach Matts Taschen und beförderte diese in den Kofferraum.

»Ich steige nicht ein!«

Der Fahrer setzte sich auf den Fahrersitz und rümpfte die Nase. »Was ist?«

Nochmals wiederholte Matt: »Ich sagte, ich steige da nicht ein!«

Jetzt verwandelte sich das Gesicht des Mannes in eine erzürnte Grimmasse und er stieg wieder aus.

»Du sollst mitkommen, habe ich mich nicht deutlich ausgedrückt!«, meinte dieser jetzt barsch und blickte sich suchend um.

Niemand, nicht einmal die Leiterin des Waisenhauses, Mrs. Buffery, war zu erspähen. Matt hatte von ihr nur die Order erhalten, hier vor dem Hause zu warten. Und er hatte sich fest vorgenommen, sich nicht von der Stelle zu rühren, ganz gleich, was auf ihn zukommen würde. Er wollte seine Zoey und auch das Waisenhaus nicht aus freien Stücken verlassen.

»Ich glaub', ich spinne jetzt. Mach` keine Mätzchen und komm'! Ich habe keine Lust auf Teenagergezeter oder so.« Matt schüttelte den Kopf.

»Ich weiß nicht einmal, wer Sie sind und wo Sie mit mir hinwollen?«

Nun war selbst der Fahrer baff. »Ich bin James. Haben die dir das nicht gesagt? Ich glaube wirklich, ich spinne jetzt. Soll *ich* dir jetzt etwa erklären müssen, dass du

Mama und Papa bekommst und ich dich zu ihnen bringen soll?«

Matt war schier ahnungslos, obgleich er sich all das Geschehene zusammengereimt hatte.

»Ich weiß von nichts«, meinte er mit glaubwürdiger Stimme und drückte seine Zoey, die ihn schon fest umschlungen hielt, noch dichter an sich heran.

»Er bleibt hier, so!«, wagte sie zu sagen und gleich darauf durchruckte es sie, denn eine panische Angst breitete sich in ihr aus.

Sie zitterte und flüsterte:

»Ich lass´ ihn nicht los, er gehört zu mir!«

»Hm, Mädchen!« Der Fahrer faltete das besagte Schriftstück erneut auseinander und mit dem Blick darauf meinte er sicher: »Aber laut diesem Schreiben gehört dein Matt jetzt dem Ehepaar Mc Gregor und keine Jammerei hilft euch. Hier steht es schwarz auf weiß.«

Matt griff danach und las selbst. Das Ehepaar Mc Gregor hatte ihn adoptiert.

»Ich habe dem nicht zugestimmt«, konterte Matt.

James hob und senkte die Schulter. »Familie Mc Gregor braucht dazu deine Zustimmung nicht und außerdem ...«

Er trat dicht an Matt heran und sprach direkt in sein Gesicht.

»Du wärest schön dumm, wenn du dich weigerst. Du weißt wohl nicht, was dich erwartet? Ich bin dein persönlicher Bodyguard. Ich würde nicht `nein` sagen, denn nicht jedem Jungen passiert das im Leben.«

»Was denn?«, schrie Matt jetzt lautstark.

»Psst! Ich rate dir, steig´ ein! Alles Weitere wird sich dann ergeben. Du hast keine Chance gegen sie, glaub` es mir doch endlich. Zier` dich doch nicht, wie ein Mädchen. Auf dich wartet der Jackpott! Aber ich rate dir, deine `Süße` da rauszuhalten. Wenn du deine `Zuckermaus` da schützen willst, dann komm´ mit! Ich kann für nichts garantieren. Komm´! Dann wird diesem blonden Engel auch nichts passieren!«

Erschrocken sah Matt sich nun um und jetzt sah er die Leiterin Mrs. Buffery hinter der Gardine ihres Büros stehen und auch Mr. Doyle, ihre rechte Hand in allen Sachen, stand anscheinend gaffend neben ihr.

Als sie Matts Blicke spürten, traten sie einen Schritt zurück.

Diese drohenden Worte eben und die Geste der Leiterin, ließen ihn weich werden. Er wollte Zoey nicht in Gefahr bringen. Er vermutete ein schmutziges Geschäft hinter der ganzen Sache. Die Betreuer wussten von seiner Liebe zu Zoey und deshalb hatten sie ihn nicht nach seiner Meinung gefragt.

Zoey schluchzte in seinen Armen und wimmerte nur traurig.

»Geh` nicht!« Matt blickte seiner Liebsten in das verweinte Antlitz und das Gefühl der Angst um sie breitete sich aus.

Es war kein schönes Spiel, was man mit ihm spielte, aber um für Zoeys Sicherheit sorgen zu können, musste er sich fügen, das fühlte er genau.

Matt löste sich aus Zoeys Umklammerung. Er musste herausfinden, was genau hinter dieser Sache steckte. Dann ging alles ganz schnell. Er küsste Zoey auf den Mund, stieg ins Auto und hauchte ihr zu. »Mach´ dir keine Sorgen. Ich werde wiederkommen, aber erst muss ich herausfinden, was das alles soll. Ich glaube, wir haben anders keine Chance. Man würde mich per Gerichtsbeschluss zu ihnen bringen lassen. Lass` es uns nicht länger hinausziehen. Ich werde mich umgehend melden, Schatz. Bin bald wieder bei dir!«

Laut krachend schloss die Autotür und er schickte Zoey einen letzten Handkuss. Seinen Lippen entnahm sie.

»Sei nicht traurig.«

Die anderen Worte konnte sie nicht deuten. Er sprach:

»Höhere Gewalt!«

Es war wie eine Entführung und trotz der Zuschauer hinter den Fenstern des Gebäudes wählte niemand die Nummer der Polizei.

Was hier passierte, war anscheinend rechtlich fundiert und legal!!!

Matt war erst vierzehn Jahre alt, doch er hatte gespürt, dass er sich dieser Gewalt fügen musste.

Außer Zoey hatte er noch eine Leidenschaft: er las Kriminalromane und er hatte schon unendlich viele davon regelrecht verschlungen. Er wusste, wie sich solche Szenen abspielten, doch der Ausgang war immer die Fiktion des Autors und diesmal wollte Matt das Ende schreiben. Ob er dazu in der Lage war, wusste er nicht!!!

Fern seinen Vorstellungen, in denen er geglaubt hatte, er würde vielleicht nur in einen anderen Staat gebracht werden, wurde er regelrecht verschleppt.

Nachts wurde er mit einem Privatjet zu seinem Bestimmungsort geflogen. Dass das riesige Land, in dem er ankam, mitten im Ozean lag, hatte Matt nicht sehen können.

Die Mc Gregors begrüßten ihn wie einen alten Bekannten oder eher einen Freund des Hauses und hießen ihn willkommen. Pure konventionelle Routine lag in der Begrüßungsrede, die Mister Mc Gregor hielt und Matt wurde förmlich und wie ganz selbstverständlich erklärt, dass er nun von Stund an den Namen Mc Gregor trug: Junior Matt Mc Gregor. Keine Frage, kein Wort nach seinem Befinden fiel. Mrs. Mc

Gregor meinte nur: »Du kannst mich Mrs. Rachel nennen und ihr Ehemann fügte hinzu, wobei er Matt etwas unsanft auf die Schulter klopfte: »Zu mir sagt du Mr. Louis.« Er griente über das ganze Gesicht und meinte leicht erhobenen Hauptes: »Schließlich gehörst du ja jetzt zur Familie und nach einer kurzen Probezeit wirst du vielleicht der Nachfolger und Erbe von dem, was du hier sehen kannst und dem, was du nicht siehst und dir nicht mal im Traum vorzustellen wagst.

Matt hatte dieses Szenarium trotz seiner Fassungslosigkeit wortlos über sich ergehen lassen.

Er stand vor zwei ihm fremden Menschen in einer riesigen luxuriös ausgestatteten Villa, die direkt am weißen Strand lag. Und diese beiden alten Menschen mit den weißen Haaren hatten versucht, ihm auf gefühllose Art und Weise beizubringen, dass er nun per Gesetz ihr Sohn war. Und wenn er sich gut aufführte sogar ihr Nachlassempfänger sein würde.

Tief holte Matt Luft. Denn nun war es an der Zeit für ihn, sich endlich verbal zu äußern, wenn man ihn ließ! Schockiert und doch irgendwie überwältigt von dieser nach Geld stinkenden Umgebung, sah er den beiden `Greisen` nacheinander fest in ihre Gesichter. Wenn deren Worte, die er eben vernommen hatte, wahrlich stimmten - und da war er sich fast hundertprozentig sicher - bedeutete das, er wäre ihnen jetzt ausgeliefert. Aber Matt war nicht wie viele oder die meisten Teenager in seinem Alter. Er war intelligent und sein Notendurchschnitt in der Schule sprengte alle Erwartungen der Lehrer in einen Jungen in seinem Alter. Auch das war ein Kriterium, was den Mc Gregors bei der Auswahl ihres potentiellen und zukünftigen Sohnes gefallen hatte, aber das konnte sich Matt jetzt zusammenreimen. Er wusste, dass er in dieser Lage, in der er sich befand, nur durch kooperatives Handeln einen positiven Ausgang erzielen würde. Im Hinterkopf hatte er immer noch nur Zoey, aber für eine Zukunft mit ihr müsste er noch sehr schwer arbeiten.

Ihm kam ein lukrativer Gedanke. Würde er es im Leben nicht schneller zu etwas bringen, wenn er jetzt ein Mc Gregor war? Er wollte doch studieren, um einmal für Zoey und sich sorgen zu können. Das war seine große Chance. Er musste Zoey nur alles schreiben und sie könnten zwei Fliegen mit einer Klappe schlagen. Sicherlich würden sie beide eine Weile getrennt sein, aber er glaubte an die wahre Liebe zu ihr. Sie würde das sicherlich auch in Kauf nehmen.

Matt interessierte jetzt aber erst einmal etwas für ihn und seinen Plan sehr Wichtiges und mit großen Augen fragte er: »In welchem Staat bin ich hier eigentlich.«

»Junge, deine ersten Worte, beziehungsweise deine erste Frage überrascht mich zwar etwas, aber ich kann sie dir klar und deutlich beantworten. Das hier ist der schönste Fleck auf Erden.«

Mr. Louis hob die Hand, lächelte und schlug Matt nun etwas sanfter auf die Schulter.

»Mein Sohn und hoffentlich künftiger Nachfolger. Du befindest dich auf dem schönsten Kontinent der Welt. Und da du ja ein schlauer Junge bist, sag` ich dir nur, dass hier die Kängurus zu Hause sind.«

Matt durchraste ein schauriger Gedanke, denn sein Plan zerplatzte wie eine Seifenblase.

»Aus ...« Er konnte nicht zu Ende sprechen, denn schon die Anfangsbuchstaben sagten, was in ihm vorging. Wenn er sich wirklich in Australien befand, war er sehr weit weg von Zoey.

In seinem Kopf kreisten die Gedanken wie in einem Karussell und sein Plan zerplatzte wie eine Seifenblase.

Er suchte sich einen Sitzplatz.

»Nein!«, brach es aus ihm.

»Doch, Junge hier ist es wunderschön und du wirst alles haben, was du dir wünschst«, erklärte Mr. Louis.

»Dann möchte ich, dass Zoey auch hier leben darf«, schoss aus Matt heraus.

»Zoey?«, wiederholte Mr. Louis mit gekrauster Stirn.

»Ja, wir lieben uns, hat man Ihnen das etwa verschwiegen?«

Die Unmutsfalten glätteten sich und leichtfertig und ohne jegliches Gefühl kam die Gegenfrage:

»Du bist vierzehn und sprichst von Liebe? Du warst der klügste Junge, der je in diesem Waisenhaus leben musste und zeigst dich jetzt so naiv? Diese Zoey musst du vergessen! Sie ist ein kleines dummes Mädchen, das du sicherlich nur aus Mitleid magst, da sie keine Eltern mehr hat. Bestimmt war nichts anderes greifbar für dich. Aber Liebe, Junge, ist etwas, dass man mit reiferen Jahren erlebt und dann genau spürt und sicher weiß, dass das die Richtige für`s Leben ist. Ebenbürtig muss sie sein und hübsch, dann kommt die Liebe von ganz allein, glaub` mir!«

Matt hatte diese Rede auf sich prallen lassen und schützend seine Hände vor's Gesicht gepresst. Er wollte nicht in die Augen des Mannes sehen, dessen Mund diese Worte entsprungen waren. Wo war er hier nur gelandet? War er wirklich ein Gefangener? Würde er seine Zoey jemals wiedersehen?

Nie hatte Zoey einen Brief von Matt erhalten, denn alle die er geschrieben hatte, wurden abgefangen und einfach vernichtet. Es sah so aus, als ob Zoey sie stets bekam, aber nicht antworten wollte. Mr. Louis hatte Briefe an Zoey zwar erlaubt und schwor Matt, diese auch weitergeleitet zu haben.

Aber er hatte ihn von Anfang an belogen. Er ließ Matt im Glauben, Zoey hätte ihm nicht geantwortet und ihn nach und nach vergessen. Irgendwann hatte Mr. Louis dann Recht: Anfangs hatte sie sich die Augen rot geweint, doch sie hatte in Lilli eine wunderbare und trostspendende Freundin, die ihr nach und nach half, diesen Matt zu vergessen.

Matt blieb nichts weiter übrig, als sich der Willkür seiner Adoptiveltern zu unterwerfen.

Er wuchs zu einem attraktiven Mann heran, studierte, so wie er es sich erträumt hatte, doch er war nicht glücklich. Niemals in all den vergangenen Jahren war er auch nur einen Moment allein gewesen. Aus diesem Grund fand er auch keine Freunde, und ein Fluchtversuch war ihm nicht möglich. Die Gregors hatten kein Feingefühl, sie wussten gar nichts von Elternliebe. Sie beschützten ihn wie einen wertvollen Edelstein, doch niemals hatten sie ihn in die Arme genommen und gedrückt. Es hieß immer nur, nach bestimmten gesitteten Regeln zu leben und Matt bekam fast alles, was er sich kaum vorzustellen getraute. Ohne, das er je ein Wort darüber verloren hatte - er sprach sowieso nur selten - schenkten die Gregors ihm zum 21. Geburtstag ein Cabriolet. »Ein roter heißer Schlitten, nicht wahr? Damit kannst du deine Mädchen umherkutschieren«, hatte Mrs. Rachel zu ihm gesagt. Matt hatte nur fingiert gelächelt und leise `Danke` gehaucht. Diese Ausdrucksweise war ihm fremd und die

Worte zeigten ihm eindeutig, dass seine Adoptivmutter ihn gar nicht kannte. Denn er war hier in Australien keine Beziehung zu einem Mädchen eingegangen. Anscheinend wusste sie nicht einmal das von ihm. Er war jung und sehr attraktiv, aber alle Mädchen, die hinter ihm hersahen, wussten doch, wer er war. Ein Mädchen, das ihn nur wegen seiner reichen Eltern lieben würde, wollte er nicht.

Und auch der Gedanke daran, dass diese - wenn er sie gefunden hätte - für seine Eltern nicht standesgemäß sein könnte, hinderte ihn weiter zu suchen. Nie war er allein und sein Bodyguard James wäre auch nur ein lästiger unangenehmer Zuschauer und vielleicht Verräter geworden, wenn er mit einem Mädchen angebändelt hätte.

Zoey hatte er aus seinem Gedächtnis verdrängt und nur noch ab und zu erschien ihm ihre Silhouette im Traum. Er war fest der Meinung, sie hatte sich zu einem unwiderstehlichen Mädel herausgemacht und hatte einen lieben Partner gefunden, mit dem sie glücklich war. Sie würde sicher gar nicht mehr an ihn denken. Mit einem hatte er Recht gehabt: Zoey war erwachsen und sie war bildhübsch, doch nicht einmal gegenüber Lilli hatte sie erwähnt, dass sie ab und zu noch heute an Matt dachte. Lilli hatte ihr geholfen, über ihre Liebe zu Matt hinwegzukommen und vorwärts zu sehen. Und als Zoey mit zwanzig Jahren noch ein letztes Mal von ihm gesprochen hatte, und sich dann an Lillis Schulter ausweinte, schworen sich beide Frauen, nie wieder seinen Namen nennen zu wollen. Er war abgehakt, und in ihren Augen war er ein Scheißkerl! Denn hätte er Zoey über alles geliebt, wie er es ihr geschworen hatte, hätte er dem Reichtum entsagt und wäre einfach von dort - wo auch immer er sich befand - abgehauen. Zoey hätte ihn versteckt.

Nur einige Monate später, nach Matts mysteriöser Entführung durch das Ehepaar Mc Gregor, ahnte Zoey genau, welche einflussreichen Menschen Matt adoptiert hatten. Dieses Ehepaar hatte dem Waisenhaus wohl eine ansehnliche Spende gemacht. So drückte die Leiterin Mrs. Buffery das jedenfalls aus, obgleich Zoey nicht so dumm gewesen war, um sich die Wahrheit allein zusammenreimen zu können.

Diese beiden alten, aber reichen Herrschaften hatten ihren Willen mit der Zahlung einer größeren Summe durchgesetzt. Matt wurde, obwohl es laut Gesetz nötig gewesen wäre, gar nicht gefragt, ob er eine Adoption wünsche. Das leitende Personal des Waisenhauses sah nur das Geld und entschied über seinen Kopf hinweg. Einfach so! Das Waisenhaus wurde komplett renoviert und sogar ein Teich mit umliegender Parkanlage entstand. Matt war dafür regelrecht verkauft worden. Genauso musste es sich zugetragen haben.

Aber Matt wusste doch, dass Zoey spätestens mit achtzehn Jahren das Waisenhaus verlassen durfte. Weshalb hatte er sich da nicht gemeldet? Er war da immerhin schon Neunzehn und man hätte ihn dort - wo er sich aufhielt - nicht mehr zum Bleiben zwingen dürfen, wenn er bislang vielleicht wirklich keine Möglichkeit hatte, sich bei Zoey zu melden. Er hatte einen derartigen Versuch aber wohl nicht unternommen. Aus und vorbei. Matt schien das Geld also mehr zu lieben, als sie und er hatte sich vor Jahren dazu bekannt. Wie hätte sie wissen können, dass er alles in seiner Macht stehende versucht hatte, sie zu erreichen. Wie hatte sie auch nur ahnen können, dass auch Matt glaubte, sie hätte ihn vergessen?

Mittlerweile waren dreizehn Jahre vergangen. Sollte diese Zahl eine Glücks- oder Unglückzahl sein? Nun hatten sie sich beide wiedergefunden und erzählten ihre Geschichten.

Zoey lauschte fassungslos Matts Bericht und erfuhr, weshalb er es doch endlich schaffte, sich aus seiner `Gefangenschaft` zu befreien.

Vor einem Jahr erst bekam Matt sein Ticket in die Freiheit, als er an das Sterbebett seines Adoptivvaters gerufen wurde. Matt fingierte seine Trauer nur, wie er seine Gefühle all die Jahre nur gespielt ausgedrückt hatte. Brav nickte Matt, als Mr. Mc Gregor zu ihm sagte:

»Junge, du hattest es doch so herrlich bei uns. Du bist so ein kluger und attraktiver Mann geworden. Gern hätte ich eine ebenbürtige Schwiegertochter kennengelernt.«

Er musste eine Pause machen und zog mit schmerzverkrampftem Gesichtzügen die Luft durch die Nase. Matt lächelte zwar, aber in Gedanken antwortete er nur für sich. `Ph, wie sollte ich das denn anstellen? Mit James als Zuschauer?! Ich wollte nur eine ...`

Mr. Mc Gregor unterbrach Matts Gedanken, denn er atmete aus und vollendete seine Rede mit einem krönenden Höhepunkt:

»Du bist zwar erst sechsundzwanzig, aber im Stillen hoffte ich immer, ein Enkel würde auf meinen Schoß sitzen.«

Matt konnte sich nicht ganz beherrschen und er rollte mit den Augen - das war wirklich zuviel des `Guten`!

Mr. Mc Gregor, der diese Geste nur als jugendlichen Protest deutete und die schlimme Wahrheit nicht erkannte, fügte für Matt sarkastisch klingend hinzu:

»Ich weiß doch, Bub - du bist noch jung. Aber

versteh` doch, deine Mutter und ich konnten nie ein eigenes Kind bekommen. Guck nicht so kindisch!«

Matt verließen in diesem Moment all seine guten Manieren.

»Mutter?!«, wiederholte er laut und griff sich sinnierend an die Stirn, die nur so von Wellen der Entrüstung gezeichnet waren. »Wann war Mrs. Rachel für mich eine Mutter?!«

Große dunkle Augen blickten ihn aus einem fahlen, blassen und knöchernen Gesicht an. Stumm fragten diese: Was hast du nur, Junge? Auch ohne Worte hatte Matt diese Frage verstanden und er postierte seine große Gestalt vor den alten Mann auf dem Totenlager. Diesem verschlug die plötzliche Wandlung seines immer nur ja sagenden und zufriedenen Sohnes die Sprache. Leise hauchte der Todgeweihte:

»Was passiert in dir, mein Soh...?« Matt ließ ihn dieses Wort der Lüge nicht aussprechen. »Sohn! Ha!«

Er hob die Hand, ballte sie zu einer Faust und stand drohend in seiner ganzen Gewaltigkeit vor dem Bett. Er schnaufte laut. »Sohn!«, wiederholte er lautstark und mit gekrauster Stirn. »Ich bin und ... war doch nie dein Sohn, Mister Mc Gregor!« Es war das erste Mal seit zwölf Jahren, dass Matt diesen Mann duzte, der eben wieder behauptete, er sei sein Vater.

Diese Scheinheiligkeit machte Matt jetzt so wütend, dass er diesem todkranken Menschen vor ihm endlich die ganze Wahrheit sagen musste.

In geraffter Form schmetterte Matt all seinen Unmut, der sich in zwölf Jahren angestaut hatte, auf Mr. Louis hinab.

Der alte Mann war schockiert. Er war sich doch so sicher gewesen, dass seine Frau und er für Matt die perfekten Eltern waren. Welcher `normale` Junge konnte schon in solchem Luxus leben, wie Matt es viele Jahre konnte?

Doch Matt hatte Mr. Louis deutlich gemacht, dass Liebe für jeden Menschen wichtig ist und genau diese Liebe hatten seine Adoptiveltern Matt nicht gegeben.

Mr. Louis hatte Tränen in den Augen und Matt wusste weshalb. Der alte Mann zog Matt an der Hand und da Matt erkannte, was sein Adoptivvater sich jetzt wünschte, wollte er ihm diesen Wunsch erfüllen. Beide Männer nahmen sich in die Arme und drückten sich fest aneinander. Mit den Worten, »Verzeih` uns Matt. Das haben wir nicht gewollt!«, hörte Mr. Louis´ Herz auf zu schlagen …

Ohne große Umstände erhielt Matt sein Erbe. Millionenschwer, aber unter einem anderen Namen, ging er dahin zurück, wo er bis zu seiner Entführung glücklich gewesen war. Nicht nur seinen verhassten Nachnamen, auch gleich seinen Vornamen ließ er ändern. Er hieß jetzt Ryan Haymann und wollte nun ein neues Leben beginnen.

Sofort steuerte er das Waisenhaus an. Er wollte die Verantwortlichen zur Rechenschaft ziehen und mit seinem Vermögen hätte er die Macht dazu, alle, die Schuld an seiner Verschleppung trugen, hinter Gitter zu bringen. Doch sein Vorhaben scheiterte.

Die Leitung des Waisenhauses bestand komplett aus anderen Personen, die Matt nicht kannte. Gern gab es die nun seit bereits sieben Jahren hier zuständige Verantwortliche Miss Bridges nicht preis, was sich in diesem Haus der Schutzsuchenden abgespielt hatte. Aber Matt war selbst ein Betroffener und seine Schilderungen waren haarsträubend für die noch junge Frau, so dass sie ihm Glauben schenkte und Auskunft erteilte. Matt erfuhr von ihr, dass das, was er jetzt vorgehabt hatte, bereits erledigt war. Die besagten Personen, die zu der damaligen Zeit die Verantwortung trugen, waren wegen Korruption und Kinderhandel angeklagt und verurteilt worden.

Miss Bridges legte den Finger vor den Mund und meinte zu Matt: »Wenn Ihnen das jetzt noch nicht reichen sollte und Sie Genugtuung darin suchen, indem Sie die beiden Haupttäter im Gefängnis aufsuchen wollen, dann ... «

Sie stockte und senkte den Blick zu Boden.

Matt fragte aufgebracht. »Was?«

Miss Bridges hob den Kopf wieder. »Sie werden sie dort nicht mehr finden. Die Leiterin Mrs. Buffery war ja schon über sechzig und nicht mehr die Jüngste. Nach nur einigen Tagen eingesperrt in der Zelle erlitt sie einen schweren Herzinfarkt. Sie lebt, aber sie ist einseitig gelähmt und kann nicht mehr sprechen. Sie ist völlig hilflos und ans Bett gefesselt. Dass sie noch nach all den Jahren lebt, ist wohl die qualvollste Strafe für einen Menschen. Und ihr Kumpan, dieser Mister Doyle, beendete sein Leben durch einen Suizid. Wie er an das Seil gekommen war, ist den Beamten bis heute noch ein Rätsel.«

Matt dankte dieser Miss Bridges und er versicherte ihr, dass das Gesagte unter ihnen beiden bleiben würde. Er wollte nun ein neues Leben beginnen. Geld hatte er genug und er kaufte sich am Rande der Stadt ein Häuschen, das nach Außen hin nicht prunkvoll aussah, denn er wollte nicht unbedingt auffallen. Jedoch ließ er dessen Kern mit allem Luxus ausstatten. Helle Marmorfußböden durchzogen das gesamte Untergeschoss und exklusive, für jedermann sonst unbezahlbare Designermöbel gaben den Räumen einen

Hauch von Faszination, ja unvorstellbarem Reichtum! Matt war es gewohnt so zu leben. Er war deswegen nicht arrogant und eingebildet geworden, aber er brauchte diese Atmosphäre. Viel Licht musste ihn umgeben und unzählige Lampen befanden sich zwischen all dem Glas und Gold. Das war ihm ein Muss, denn das machte ihn frei! Freiheit war ihm nun das Wichtigste, doch er wusste nicht, wie er diese genießen sollte. Was ihm nun zu seinem Glück fehlte, war eine verständnisvolle Partnerin.

Erfahrungen in Sachen Liebe hatte er nicht sammeln können. Er wohnte jetzt zwar in der Nähe der Stadt, in der er sich damals in Zoey verliebt hatte, aber diese war wohl nicht hiergeblieben und hatte ihn längst aus ihrem Gedächtnis gestrichen. Sicherlich lebte sie mit einem attraktiven jungen Mann zusammen, der ihr all ihre Sehnsüchte erfüllte.

Er wollte sie nicht suchen und sich in ihr jetziges Leben drängen. Sie wollte damals schon die körperliche Nähe zu ihm, obgleich sie beide blutjung waren. Würde er sie wirklich finden, hätte er sich blamiert, denn er war immerhin mit seinen 27 Jahren - kaum zu glauben! - noch Jungfrau.

Nun hatte er diese Annonce in die Times setzen lassen und das Schicksal hatte ihn wirklich überrascht und mit seiner Jugendliebe Zoey wieder zusammengeführt.

Zwei Stunden waren nun verstrichen und Matt hatte Zoey fast alles, über sein plötzliches Verschwinden und die Umstände die dazu führten, erklärt. Viel hatte sie ihm von sich nicht erzählen können, außer dass sie lange um ihn geweint hatte und dass ihr Lilli in all den Jahren eine gute Freundin gewesen war. Sie konnte ihm doch nicht ihre Eskapaden mit ihren scheinbaren oder/und potentiellen Liebhabern beichten!?

Immerhin wusste sie nun, dass Matt keine Schuld an seinem mysteriösen Verschwinden trug und wenn er wirklich die Wahrheit sagte, wäre es ihr eine Pein zu gestehen, dass sie nicht auf ihn gewartet und gehofft hatte. Sie ahnte ja nicht im Entferntesten, dass er das, was sie ihm verschwieg, als ganz natürlich empfand. So hübsch wie sie war, hatte sie kein Leben wie im Zölibat gewählt. Nein, da war er sich sicher und das hätte er nicht gewollt - ganz und gar nicht, jedenfalls nicht jetzt, da sie sich endlich wiederfanden. In ihm stieg eine unbändige Freude auf, die sich mit rosaroten Wangen zeigte, dass gerade Zoey, die durch ihre Antwort auf sein Inserat eindeutig bewies, dass sie den Partner für´s Leben noch nicht gefunden hatte. Mit ihr zusammen wäre es nicht so subtil! Sicherlich hatte sie einige Erfahrungen in Sachen Liebe gemacht und sie würde ihn ganz gewiss nicht auslachen, wenn er sich bei seinem ersten Mal etwas dumm anstellte. Das war zuvor seine größte Angst gewesen, doch Zoey war ihm nun der gesandte Engel. Da glaubte er sich sicher zu sein! Und als er Zoey so gegenübersaß und im Moment nur noch ihrer beider Lächeln den Raum des Blue Night Clubs erhellte, so, als ob die blaugestrichenen Wände der realen Kulisse des Himmels glichen, in den sie beide mit ihren Gedanken verschwanden, fragte Matt seine

Zoey die selben Worte, die er in der Anzeige verwendet hatte:

»Willst du mit mir mehr unternehmen, als nur die Blubberblasen in meinem Whirlpool zählen?«

Zoey gab ihm einen verführerischen Augenaufschlag und meinte nur kurz. »Oh, ja!«

Sonntag, 18. Februar 2007

Lilli wartete vergebens bis früh in den Morgen auf Zoey. Sie selbst war erst gegen drei Uhr von einem Taxi nach Hause gefahren worden, denn wie sie es vorausgesehen hatte, war die Verabredung mit Lauren sehr anstrengend verlaufen. Diese Kollegin hatte ihren Wagen gleich nach dem Kinobesuch nach Hause chauffiert und war dann mit Lilli, die sich nicht getraut hatte, etwas dagegen zu sagen, zu Fuß durch sämtliche Nachtbars gezogen.

Irgendwann war Lilli Laurens albernes Gehabe satt und hatte sich ein Taxi gerufen.

Schon als sie die gemeinsame Wohnung betreten hatte und Zoey nicht vorfand, machte sie sich Sorgen. Und auch in den nächsten Stunden, jetzt war es bereits sechs Uhr morgens, fuhr Zoey nicht mit Lillis Wagen auf den gemieteten Stellplatz vor dem Haus. Lilli hatte während der vergangenen drei Stunden kein Auge zumachen können, obgleich sie sich völlig ausgelaugt fühlte und Lauren für diesen Abend hasste. Nun vermutete sie etwas Schreckliches hinter dieser Sache, weil Zoey noch nicht hier war. Schon einmal war Zoey von einem Date nicht gleich zurückgekehrt. Sie kannte doch das Gesetz und sie würde es nicht - schon gar nicht beim ersten Treffen - übertreten! Sie wusste doch, wie wichtig es war und dass es ihr schon einige Male wirklich geholfen hatte. Ohne Grund würde sie das nicht außer acht lassen. Auf Lillis Handy waren drei unbeantwortete Anrufe verzeichnet und alle waren von Zoey. Lilli wählte immer wieder die Nummer von Zoeys Handy, doch es war wie immer ausgeschaltet. Was wollte Zoey ihr nur sagen? Brauchte sie da vielleicht schon ihre Hilfe? Es musste wohl doch etwas Schlimmes passiert sein. Anders konnte sie es sich nicht mehr erklären. Würde Zoey am Nachmittag noch nicht wieder auftauchen, wollte Lilli die Polizei benachrichtigen. Doch man kam ihr zuvor ...

Genau um die Mittagszeit, es war gerade neun Minuten nach zwölf Uhr, klingelte es an ihrer Haustür.

Aufgeschreckt eilte Lilli dorthin und ihr Herz pochte ihr bis in den Hals. Was sie durch ihren Türspion erspähte, ließ sie zur Salzsäule erstarren! Mit zitternden Händen tastete sie das Türblatt ab und aufgeregt wie sie war, schien sie einfach nicht die Klinke zu finden. Nochmals schellte es und jemand klopfte noch zusätzlich an die Tür.

»Hallo, Miss Graham, Sie sind doch da? Öffnen Sie, bitte!«, hörte Lilli.

»Ja, sofort!«, gab sie zurück und gab sich die größte Mühe dieser Aufforderung zu folgen. Endlich fand Lilli, wonach sie gesucht hatte und drückte die Klinke sachte hinunter.

Kreideweiß, denn unausgeschlafen und völlig verwirrt von dem ihr Schreck einflößenden Bild, welches sie durch den Spion gesehen hatte, stand Lilli nun vor zwei Männer, die in Uniform gekleidet waren und sie fragten:

»Miss Graham?« Lilli nickte. »Verzeihen Sie die Störung. Polizei! Sie sind doch die Besitzerin dieses Wagens?«

Gleich nach dem Dienstausweis der Beamten, zeigten diese ihr die Zulassungspapiere ihres Autos. Obwohl Lilli wusste, dass es diebstahlbegünstigend war, hatte sie diese immer hinter der Sonnenblende in ihrem Wagen verstaut. Lilli schüttelte fassungslos den Kopf und doch bejahte sie die ihr gestellte Frage. Aus welchem Grunde brachten ihr die beiden Männer die Papiere ihres Wagens? Zoey! Es musste etwas Schreckliches passiert sein. Diese Gedanken kreisten ihr durch den Kopf. Zoey hatte also einen Unfall und sie wusste nicht, ob sie noch lebte. Ihre böse Vorahnung war also eingetroffen. Sie wollte stark sein und wollte sich auch so geben, aber nun konnte sie nicht mehr aufrecht stehen. Sie spürte, wie sie eine Ohnmacht überfiel.

»Zoey, wo bist du?«, fragte sie im Flüsterton und ihre Beine sacken zusammen. Die beiden stämmig gebauten Polizeibeamten griffen ihr sofort hilfreich unter die Arme und bugsierten sie in die Wohnung. Sie legten sie auf die Couch und unternahmen Erste-Hilfe-Maßnahmen, denn Lillis Puls raste und die Farbe in ihrem Gesicht veränderte sich blitzschnell, wie es nur ein Chamäleon zu tun vermochte. Ein Rettungswagen war schnell vor Ort und erst Stunden später erwachte Lilli mit enormen Kopfschmerzen von weißen Wänden umgeben in einem Krankenbett. Erst jetzt konnte sie den Beamten ihr eigenartiges Verhalten erklären. Sie erzählte ihnen, dass sie ihren Wagen ihrer Freundin am gestrigen Abend für ihr Date geliehen hatte und sie sich bereits wahnsinnige Sorgen machte, da diese nicht heimkam. Die Beamten waren irritiert, denn wie sollten sie das dieser Frau glauben, ohne dingfeste Beweise. Als sie sie aufsuchten, glaubten sie sicher, sie hätten die Tatverdächtige schon überführen können. Jetzt erzählte die Frau eine komische Geschichte. So ganz wollten und konnten sie Lillis Aussage nicht akzeptieren.

Lilli war am Ende ihrer Schmerzgrenze und noch bevor sie fragen konnte, was und wo Zoey nun sei, fragte sie der eine Polizist: »Wo waren Sie gestern Abend, beziehungsweise zwischen gestern 23 Uhr und heute früh 2 Uhr?«

Noch bevor Lilli diese Frage richtig begreifen hätte können, stellte sie ihre vorhergehende, doch nur in Gedanken gestellte Frage nochmals lautstark: »Hat Zoey den Unfall überlebt? Wo ist sie, kann ich zu ihr?« Sie griff sich daraufhin in ihr Haar, zerzauste es stark und mit tränenüberflutetem Gesicht meinte sie immer wieder:

»Ich habe es gewusst, ich habe es geahnt. Sie sollte nicht fahren. Ich habe es gewusst. Ich habe ...«

Ein laut klingendes »Stopp!« unterbrach abrupt Lillis Gejammer. Sie blickte dem Mann vor ihr ins Gesicht, aus dessen Mund dieses Wort laut entsprungen war und wischte sich die Tränen aus den Augen.

Nachdenklichkeit, Fassungslosigkeit und Unverständnis standen ihm ins Gesicht geschrieben und er äußerte:

»Haben Sie meine Frage nicht ganz richtig verstanden? Und von welchem Unfall sprechen Sie da? Es gab doch gar keinen Unfall!« Lilli riss die Augen auf und versuchte sich aufzurichten, was ihr nicht ganz gelang. Unsanft fiel sie zurück in ihr Kissen und starrte kataleptisch an die Zimmerdecke. Ihre Gedanken kreisten wie in einem Karussell und sie dachte nur bruchteilhaft: `Kein Unfall!? Mein Auto? Polizei?`
Leise, fast nur hauchend fragte sie:

»Was ist denn dann passiert?«

Nun bewegte der andere Beamte endlich mal seine Lippen, die zuvor wie zugeschweißt waren. Lilli hatte keine Ahnung, ob das nur pure Taktik oder Ratlosigkeit zu bedeuten hatte, doch nun schmetterte er ihr die grauenhafte Wahrheit mitten in ihr verweintes Antlitz. »Miss Graham! Ich weiß nicht, was Sie uns hier klarmachen wollen. Wir reden anscheinend aneinander vorbei. Wenn ich die Sache jetzt mal genau erklären soll, dann hören Sie mir bitte zu! Wenn ich es richtig verstanden habe, vermuten Sie, dass ihre Freundin mit *ihrem* Wagen einen Unfall hatte und Sie sich über deren Befinden und jetzigen Zustand sorgen und sich somit in einen so desolaten Zustand, so fern ab der Realität, mächtig hineinmanövriert haben.«

Lilli nickte nur stumm vor Angst. Der Beamte hielt kurz inne und sah zu seinem Kollegen, als wollte er in dessen Gesichtszügen eine Antwort finden, die ihm rotes oder grünes Licht für seine weiteren Erklärungen geben sollte. Er erhielt, was er nun brauchte, denn der Kollege gestikulierte ihm, dass er in seinen Ausführungen weitermachen sollte. Tief holte er Luft und sprach:

»Ihre Freundin hatte keinen Unfall, da kann ich Sie beruhigen und ihr Wagen ist auch unversehrt. Aber ihr Fahrzeug, Miss Graham, wurde an einem Straßenrand sichergestellt und der oder die Fahrerin, der oder die ihn zuletzt gefahren hatte, ist dringend tatverdächtig, da unmittelbar neben dem Auto, genauer gesagt im Straßengraben ...«

Der Beamte musste nun wieder inne halten, denn mit einem Mal stieg in ihm ein seltsames und unbekanntes Gefühl auf. Niemals zuvor hatte er es erlebt, dass ihn eine vermeintliche Situation so mitnahm. Hätte diese Frau vor ihm wirklich nicht die geringste Ahnung von dem, was geschehen war, und so sah es dann wohl doch aus, wäre das, was er ihr jetzt erklären musste, ein wahrhafter Schock für sie.

»Was? Reden Sie doch weiter! Im Straßengraben, was war da?« Lilli zitterte am ganzen Körper. Weinend fügte sie hinzu: »Wo ist Zoey, haben Sie sie im Straßengraben gefunden?«

Der Beamte besann sich und er wollte nun etwas einfühlsamer seinen Job verrichten.

Jetzt begann er ganz anders mit seiner Wortführung und leise fragte er Lilli:

»Miss Graham! Entschuldigen Sie unser etwas rücksichtsloses Vorgehen. Aber wir müssen Sie jetzt fragen: Kennen Sie einen Mann namens Ryan Hay-mann?«

»W ..., wieso? Haymann? Sagen Sie mir endlich, was mit Zoey ist!«

»Entschuldigen Sie bitte, aber beantworten Sie mir bitte vorher die Frage. Kennen Sie einen Mann der solch einen Namen trägt?«, wiederholte der Beamte noch-mals.

Lilli verstand nicht, was er von ihr wollte. Die Farbe aus ihrem Gesicht war schon gänzlich verschwunden und eisige Schauer jagten wie Düsenjäger im Zehn-sekundentakt durch ihren Körper und hinterließen ihre weißen Schweife, die ihr zunehmend immer mehr die Sinne vernebelten. Es war wie ein Blitz, der sie nun getroffen hatte, denn endlich erinnerte sie sich und erklärte mit zitternder Stimme: »Ryan! Ja, so hieß der Typ, mit dem sich Zoey gestern verabredete. Was ist mit dem? Und, wo ist Zoey?« Tränen liefen ihr über`s Gesicht und sie konnte einfach nicht verstehen, weshalb die zwei Männer vor ihr ihre für sie wichtige Frage nicht beantworteten? War Zoey gestorben bei dem Unfall? Sie musste es doch unbedingt wissen! Konnten die das denn nicht verstehen? Es reichte ihr und schnell wollte sie sich Hilfe anfordern. Sie drückte auf den blinkenden Schalter der über ihrem Bett baumelte und blitzschnell eilte eine in Weiß gekleidete Person in den Raum und fuhr die Beamten forsch an.

»Was ist hier passiert? Wir hatten Ihnen nur fünf Minuten gegeben! Miss Graham benötigt jetzt wirklich Ruhe! Haben Sie keinen gesunden Menschenverstand? Morgen ist doch auch noch ein Tag! Sie können sie auch noch dann ...«

»Ganz ruhig, Miss Graham! Wissen Sie, wer dieser Mr. Haymann ist?«, fiel der Beamte der Schwester einfach ins Wort.

»Nein!« Lilli schüttelte den Kopf und presste die Hand der eben eingetroffenen Schwester fest in ihre, was ihr ein Gefühl des Schutzes vermittelte, und sie fügte nun mutig und etwas gestärkt hinzu: »Das weiß ich nicht, ich habe ihn nie gesehen. Zoey wollte sich über eine Kontaktanzeige mit ihm treffen, mehr weiß ich nicht. Wo ist sie, mehr will ich nicht von Ihnen erfahren? Wenn Sie mir diese Frage nicht endlich beantworten, dann können Sie gehen!«

Mit der noch freien Hand wies die Schwester den Beamten die Tür und diese bewegten sich einsichtig aussehend in deren Richtung. Doch sie wollten den Raum nicht ohne irgendein Ergebnis ihrer geführten Ermittlungen verlassen. Sie ließen nicht nach und schon im Türrahmen stehend, sagte der andere Mann, der die Konversation in den letzten Minuten seinem Kollegen überlassen hatte: »Miss Graham. Wo Ihre Freundin ist, wissen wir leider nicht, aber diesen Mr. Ryan Haymann haben wir.«

Lilli drückte die Hand der Schwester einmal stark, was dieser vermitteln sollte, doch kurz einmal zuzuhören.

»Dann haben Sie ihn doch! Er muss doch wissen, wo Zoey ist!? Sie war mit ihm zusammen. Fragen Sie ihn doch bitte?«, schoss es aus Lilli heraus, die irgendwie immer noch nicht begriff, was sich hier abspielte.

Bestätigt von ihrer nun angewandten Taktik, zeigte sich das einseitige Grübchen des einen Beamten auf seiner linken Wange, bevor er sagte: »Das würden wir ja liebend gern tun, aber Mr. Haymann ist nicht mehr in der Lage uns eine Auskunft zu geben.«

»Was?«, schrie Lilli aus Leibeskräften und ihr gesamter Körper bebte. Jetzt wollte der Beamte das Rätsel auflösen, denn über so viel schauspielerisches Talent verfügte wohl kein normaler Mensch in solch einer angespannten Situation. Und wenn Lilli wirklich die Wahrheit sagte, müsste sie diese mit einem passenden Alibi noch unterstreichen können.

»Miss Graham, wir haben Mr. Ryan Haymann leblos im Straßengraben, gleich neben ihrem Wagen, aufgefunden. Allem Anschein nach wurde er Opfer eines Gewaltverbrechens.«

Lilli stockte der Atem und sie rang nach Luft. Was sollte sie jetzt dazu sagen? Zoey hatte den Mann also aus Notwehr getötet und wenn sie nicht auffindbar war, würde sie sich sicherlich irgendwo verstecken und wusste nicht, was sie machen sollte! Aber weshalb hatte sie die Polizei nicht verständigt, wenn es doch Notwehr gewesen war? Stand sie so unter Schock und konnte nicht mehr klar denken? Lilli hatten diese Gedanken eben schmerzlich durchflutet und sie legte ihre Hand vor den Mund. Die Schwester, die immer noch ihre andere Hand hielt und Lillis desolaten Zustand erkannte, schimpfte nun sehr laut mit den Beamten: »Wollen Sie die Frau umbringen? Gehen Sie jetzt, sofort! Oder ich informiere ihren Vorgesetzten!«

Lilli sah die Schwester mit flehendem Blick an und zog sie zu sich hinunter. »Nein, die beiden müssen bleiben.

Ich will, dass sie Zoey suchen, damit ihr nichts Schlimmeres passiert.« Die Schwester richtete sich wieder auf und meinte: »Wenn Sie sich dazu noch in der Lage fühlen, Miss Graham, dürfen die beiden natürlich bleiben.«

Selbstverständlich hatte die Schwester auch ein wahres Interesse daran entwickelt, an dem was sie bisher gehört hatte und sah die Notwendigkeit einer Aufklärung ein. Hilfesuchend bat Lilli:

»Sie müssen Zoey finden, ehe sie sich auch etwas antut. Dieser Haymann wollte sie sicherlich vergewaltigen und sie hat ihn aus Notwehr ...«

Die beiden Beamten verließen den Ausgang und näherten sich wieder Lillis Krankenbett.

»Miss Graham! Wenn das, was sie uns hier erzählen wirklich stimmt, dann ist das sehr drastisch. Aber Sie müssen uns auch verstehen! Da Sie die Besitzerin des Wagens sind, fiel der erste Verdacht, irgendetwas mit der Sache zu tun zu haben, selbstverständlich erst einmal auf Sie. Ihre Freundin, Zoey, wie Sie sie nennen und von der Sie behaupten, sie hätte ihren Wagen gestern Abend gefahren, ist nicht auffindbar! Wir haben keine Spur von ihr gefunden. Die Suche nach ihr ist selbstverständlich eingeleitet und läuft auf Hochtouren. Wenn Sie wirklich die Wahrheit sagen, dann helfen Sie uns, ihre Freundin zu finden! Wir wissen nämlich auch nicht, was mit ihr geschehen ist.«

Lilli wurde wieder etwas schwarz vor Augen, doch sie besann sich schnell. Das konnte sie jetzt nicht glauben. Wie lange hatten die Beamten sie nur gequält, bis sie ihr so eine böse Auskunft gaben. Unmenschlich behandelt kam sie sich von den Beamten vor. Die glaubten wohl, sie seien Herrscher über Leben und Tot. Doch das hatte sie wohl jetzt hinter sich, so dachte sie jedenfalls. Sie wurde aber im nächsten Moment eines Besseren belehrt, denn es kam keine Frage, die bei der Suche nach ihrer Freundin hätte helfen können, stattdessen wurde Lilli nochmals gefragt: »Wo waren Sie gestern Abend, beziehungsweise zwischen gestern 23 Uhr und heute früh 2 Uhr?«

Dieses Frage setzte dem Ganzen die Krone auf und Lilli und die Schwester sahen sich zutiefst entsetzt über das Gebaren der Beamten an, und die Schwester sprach aus, was sich Lilli tief in ihrem Inneren wünschte: »Es reicht, meine Herren! Wenn Sie Miss Graham nicht helfen und sie nur noch weiter martern wollen, dann verlassen Sie bitte diesen Raum.«

Die Beamten zogen beleidigte Gesichter und verließen dann das Krankenzimmer. Die Schwester ließ Lillis Hand los und folgte den beiden. Noch auf dem Flur, fauchte sie ihnen hinterher:

»Denken Sie manchmal darüber nach, was ihr Beruf für Sie bedeutet?! Sie sollen Menschen helfen! Aber ihr Auftreten ist unmenschlich und widerwärtig. Wollen Sie diese Frau auch noch in ein Grab bringen?«

Unbedacht eventueller Konsequenzen äußerte der eine Staatsdiener: »Wir kommen wieder. Unser Job ist manchmal hart. Aber! Wir und auch Sie, wissen nicht, was passiert ist. Vielleicht beschützen Sie da eine Mörderin!«

Wortlos verschwand die Schwester wieder ins Lillis Zimmer. Für einige Sekunden stand sie starr im Raum und grübelte an den eben ausgesprochenen Worten des Beamten, die wie Hammerschläge auf ihr Gewissen gefallen waren. Schnell kam sie wieder zu sich und dachte: Solange die Schuld eines Menschen nicht bewiesen ist, ist er auch nach dem Gesetz unschuldig. Sie sah zu Lilli, die mit geschlossenen Augen und verkrampftem Gesicht all das Geschehene irgendwie zu verarbeiten versuchte.

Die Schwester war genau die Person, die Lilli brauchte, denn diese faxte sofort eine Beschwerde an das zuständige Polizeipräsidium und erreichte, dass den beiden Beamten dieser Fall entzogen wurde.

Montag, 19. Februar 2007

Am nächsten Tag kamen zwei andere Beamte, ein Mann und eine Frau, und Lilli fühlte sich wohler als tags zuvor, denn vielleicht würde eine Frau sie besser verstehen und schonender mit ihren Gefühlen umgehen. Lilli gab ihr Alibi zu Protokoll, denn sie hatte ja wirklich eins! Jetzt empfand sie es als großes Glück, mit Lauren ausgegangen zu sein und deren unmögliches Benehmen ertragen zu haben.

Damit konnte man eindeutig ausschließen, dass *sie* in ihrem Wagen in der betreffenden Nacht gefahren war.

Lilli hörte schon Laurens Gezeter und ihr überschwängliches Gehabe, wenn man sie danach befragen würde.

Von der Polizistin Sheeree Miano erfuhr Lilli dann auch endlich, und das auf eine wirklich einfühlsame Art und Weise, dass dieser Ryan, mit dem Zoey anscheinend unterwegs gewesen war, durch ein skalpellscharfes Messer, welches ihm in der Brust steckte, gestorben war. Seinen inneren Verletzungen war er erst nach zirka zwanzigminütigem Todeskampf und sicher unter großen Qualen erlegen. Alles sprach für eine Tat im Affekt, die zwar nicht geplant war, aber dem Opfer einen langen schmerzlichen Weg ins Jenseits beschert hatte.

Lilli war schockiert und doch war sie erleichtert, dass es nicht Zoey war, die man erstochen aufgefunden hatte.

Lilli kannte diesen Ryan nicht, doch er musste etwas Schreckliches mit Zoey getan haben, weshalb sie sich zu dieser Tat entschlossen hatte. Das Messer war ein Beweisstück für die Polizei. Doch Lilli hatte keine Ahnung, wie Zoey jemals daran gekommen war. Sie kannte das Messer jedenfalls nicht und hatte es nie in Zoeys Besitz gesehen.

Lilli gab den Beamten ihre Fingerabdrücke und, mit einem ungutem Gefühl, auch den Schlüssel zu ihrer Wohnung. Sie beschrieb Zoeys Haarbürste genau und auch den Platz, an dem man diese finden konnte. Gern hätte sie den Beamten alles gezeigt, doch sie musste einige Tage in der Klinik verharren. Ihr Kreislauf spielte noch verrückt. Sie war sich Zoeys Unschuld sicher und somit ließ sie die Polizei ihre Arbeit machen.

Weshalb versteckte sie sich nur? Sie hatte doch bestimmt eine plausible Erklärung für die Tötung dieses Ryan, der sie sicherlich in irgendeiner Art und Weise bedroht hatte. Lilli würde ihr doch auf Biegen und Brechen helfen, diese Sache zu überstehen. Wenn es Notwehr war, hätte sie nichts zu befürchten. Weshalb hatte sie sich nur gehen lassen?

Die Ermittler der Polizei fanden es sehr eigenartig, dass keine Kampfspuren zu finden waren. Das Opfer hatte weder Kratzwunden, noch irgendwelche Hämatome am Körper. Wie konnte das nur möglich sein, wenn man hier von einer Tötung in Notwehr ausgehen sollte? Und noch etwas war sehr mysteriös, denn Haymanns Wagen stand unmittelbar hinter Lillis, den Zoey gefahren hatte. Wenn Mr. Haymann sie mit dem Wagen verfolgt hatte, wie hatte er sie nur zum Anhalten bewegt? Lillis Wagen stand leicht schräg, zum

Straßengraben gerichtet. Starke Bremsspuren wurden nicht gefunden. Ausgerechnet in dieser Nacht hatte es auch noch heftig geschneit. Eigenartige Spuren, die von einer Verbrennung herstammen mussten, waren auf der Straße gefunden worden. Diese könnte ein Feuerwerkskörper verursacht haben, jedoch fand man keine Reste oder Fetzen eines solchen. Die Polizei stand vor einem Rätsel.

In Ryan Haymanns Wagen fand man keine fremden Spuren. Zoey hatte also niemals in dessen Auto gesessen, aber weshalb befand sie sich auf dieser selten befahrenen Straße, die zum Hause des Haymann führte? Die Ermittler waren überrascht, als sie die Villa des Opfers nach Beweisen durchstöberten. Was sie darin fanden, war einfach unglaublich. Zoeys Jacke hing am Garderobehaken und somit musste sie im Haus des Opfers gewesen sein! An unzähligen Gegenständen klebten ihre Fingerabdrücke: Begonnen mit der vergoldeten Türklinke, dem noch auf dem Glastisch im Wohnbereich stehenden Sektglas, dem Wasserhahn im Bad und sogar auf den luxuriösen Fliesen, die den Whirlpool umgaben. Mr. Haymanns Bett war verwühlt und sah aus, als ob er nicht allein darin gelegen hatte. Dann fand man Spuren eines sexuellen Aktes und mehrere mittelblonde Haare - Zoeys Haare?

Für die Polizeibeamten schien alles klar zu sein. So reimten sie sich den Tathergang zusammen:

Zwischen Zoey und Haymann musste es nach dem Liebesakt zu einer verbalen Konfrontation gekommen sein, wobei sie die Flucht ergriff und mit Lillis Wagen davonfuhr.

Haymann war ihr mit seinem sogleich gefolgt und über das Handy hatte er wahrscheinlich mit entschuldigenden Worten ein Einsehen in Zoey bewirkt,

so dass sie anhielt. Doch als sie sich gegenüber-
gestanden hatten, musste die Situation eskaliert sein
und er hatte sie vielleicht gewaltsam zur Rückkehr
bewegen wollen. Damit war diese aber wohl nicht
einverstanden gewesen und wo auch immer das Messer
herstammte, Zoey benutzte es, um sich gegen ihn zu
wehren. Nach dieser Verzweiflungstat im Affekt war sie
völlig benommen und stand unter Schock und sie
musste in den angrenzenden Wald gelaufen sein, denn
das Auto ihrer Freundin hatte sie für ihre Flucht ja nicht
benutzt.

Von dieser Theorie war man überzeugt, doch eigen-
artigerweise fand man im Waldstück, und das nur etwa
zwanzig Meter weiter, nur Zoeys seidenes hellblaues
Halstuch. Es war so, als ob sie dahin geflogen sei. Nein,
das kann niemand, aber der neue Schnee hatte alle
Fußabdrücke verschwinden lassen.

Die eingesetzten Spürhunde konnten nichts mehr
wittern, obgleich sich diese einer strengen Prüfung
unterzogen hatten. Es gab einfach keine Spur von Zoey
und wenn sie sich wirklich noch irgendwo in diesem
Wald befand, schwand die Hoffnung mit jeder Stunde,
sie noch lebend zu finden. Ihre Jacke hing noch am
Garderobehaken in Haymanns Villa und wenn sie nach
Auskunft ihrer Freundin Lilli nur eine dünne enge Jeans
und einen leichten halsfreien Pulli trug, hatte sie keine
Chance gegen die gefrierschrankgleichen herrschenden
Temperaturen der letzten Nächte.

Lillis Alibi wurde überprüft und es war astrein. Die
Fingerabdrücke auf Zoeys Haarbürste stimmten mit
denen eindeutig überein, die man in Lillis Wagen, in
Haymanns Haus und auch am Opfer sichergestellt hatte.
Auch die Haare aus der Bürste waren dieselben, die man
entdeckt hatte. Aber die Polizei tappte im Dunkeln und

das auch noch, als Lilli die Krankenstation nach einwöchigem Aufenthalt endlich verlassen durfte.

Die Ermittlungen hatten ergeben, dass dieser Mr. Ryan Haymann als Matt Moore geboren wurde. Im Alter von fünf Jahren kam er ins Waisenhaus und verbrachte dort neun Jahre, bis er adoptiert wurde. Zwölf Jahre lang trug er den Namen Mc Gregor und erst vor knapp einem Jahr änderte er diesen. Die Adoptiveltern konnten nicht mehr befragt werden, denn Mr. Louis Mc Gregor war im letzten Jahr seinem schweren Herzleiden erlegen und Mrs. Rachel Mc Gregor hatte sich nur zwei Monate später mit Schlaftabletten vollgestopft und sich von ihren Depressionen, die sie seit dem Verlust ihres Mannes unmenschlich gequält hatten, erlöst.

Man hatte die Vermutung, dass der Junge namens Matt Moore damals auch ein Opfer dieser Machenschaften gewesen sein könnte, die im Waisenhaus durch die Leiterin Mrs. Buffery und ihren Gehilfen, Mr. Doyle, ähnlich wie Kinderhandel betrieben wurden.

Matts Fall war nicht bekannt geworden, die Adoptivpapiere waren legal beglaubigt worden und man hegte keinen Verdacht gegen die Richtigkeit dieser Unterlagen.

Die Mc Gregors waren millionenschwer, und welches Kind hätte es irgendwo besser haben können? Man kam nicht mal auf den Gedanken, dass da etwas nicht stimmen könnte. Oder hatte man sich nicht getraut? Nur der Junge selbst hätte die Sache aufklären können, doch er hatte sich nicht bei der Polizei gemeldet, auch nicht, als man gegen die Verantwortlichen des Waisenhauses prozessierte!

Allem Anschein nach genoss er sein luxuriöses Leben bei den Mc Gregors. Immerhin blieb er bis er sechsundzwanzig war bei seinen Adoptiveltern.

Doch jetzt, da man feststellte, dass er gleich nach dem Tod seiner Adoptiveltern an den Ort, an dem er aufgewachsen war, zurückkehrte und seinen Namen geänderte hatte, glaubte man, dass er vielleicht zu diesem Leben gezwungen wurde!? Immerhin hatte er sich von seinem Namen gelöst, der ihn unter Umständen zu sehr an seine Gefangenschaft erinnerte. Und er war als mehrfacher Millionär zurückgekehrt, doch ließ es nach Außen hin nicht erkennen. Schämte er sich für diesen Luxus, ohne den er doch nicht mehr leben konnte? Wollte er hier ein neues Leben anfangen?

Als Lilli von diesen Recherchen der Ermittlung erfuhr, brach sie sofort in Tränen aus. Sie erzählte den Beamten von Zoeys erster Liebe, die sie im Waisenhaus in Matt gefunden zu haben glaubte.

»Ja, Matt war der Grund für Zoeys jahrelange unsagbare Trauer, an der sie bald zerbrochen wäre. Nur durch meine Hilfe hatte sie es geschafft, ihn letztendlich zu vergessen. Ihr Matt wurde damals adoptiert und man hatte ihn nicht einmal nach seiner Zustimmung gefragt. Als der Fahrer, der Matt abholen sollte, damit drohte, Zoey würde es büßen müssen wenn er nicht mitkäme, war Matt mit ihm gegangen, um Zoey zu schützen. Aber Matt hielt sein Versprechen nicht. Er wollte sich umgehend melden, doch niemals kam eine Nachricht von ihm, in all den Jahren.«

Lilli stützte den Kopf auf und spürte, wie eine schmerzende Gänsehaut ihren Körper überzog. Sie hatte Matt also Unrecht getan und sie hatte auch Zoey eingeredet, er hätte sie gegen den Luxus bei den Mc Gregors eingetauscht und aufgegeben. Sie waren auch noch viel zu jung, um an die Zukunft für ein gemeinsames Leben zu denken. Und nun stellte sich heraus, dass es nicht Matts Schuld gewesen war. Vielleicht liebte er sie so unendlich und das bis jetzt, da er nach so vielen Jahren hierher zurückkehrte?

Aber was war denn nur passiert? Weshalb hatte er Zoey nicht auf direktem Wege gesucht? Stattdessen hatte er eine Kontaktanzeige aufgegeben! War es ein Zufall oder das Schicksal, das sie wieder zusammenführte? Hatte Zoey ihm, nachdem sie sich wiedergefunden und auch geliebt hatten, ihre Eskapaden mit anderen Männern gebeichtet und war er daraufhin ausgerastet und so sauer auf sie, dass er sie nicht mehr als das sah, was sie ihm vor vielen Jahren gewesen war? Aber er hatte doch gewiss seine eigenen Erfahrungen in sexueller Hinsicht gemacht, denn er war 27 und konnte doch nicht all die Jahre wie im Zölibat gelebt haben? Was war nur passiert? Wie sollte Lilli Matts schicksalhafte Vergangenheit nur erahnen? Er war doch in dieser Zeit ein Kronprinz in Gefangenschaft, der weder elterliche Liebe bekam, noch Erfahrungen mit Mädchen gemacht hatte, da er sich gehemmt durch die Liebe zu Zoey, jeglichen Kontakt zu anderen Mädels verbot. Außerdem hatte ihn sein Bodyguard James kaum eine Sekunde aus den Augen gelassen.

Seine Teenagerzeit und einen großen Teil seiner Zeit als junger attraktiver Mann hatte er in einem goldenen Käfig verbringen müssen – mit allen Annehmlichkeiten, aber ohne nötige Freiheit und Liebe.

Niemand, außer er selbst und Zoey vielleicht, falls Matt sie eingeweiht hatte, konnte wissen was wirklich passiert war!?

Doch Zoey schien wie vom Erdboden verschluckt. Lilli war dennoch etwas beruhigter, denn Zoeys Leiche war nicht gefunden worden und das machte ihr Mut und gab ihr Hoffnung. Sie konnte ihre Freundin nicht für tot erklären. Denn tief in ihrem Inneren spürte sie, dass diese noch lebte und sich irgendwie durchgeschlagen hatte und irgendwo, in Angst und auf Rettung hoffend, verharrte. Zoey war mutig und entschlossen. Immer wieder hatte sie sich auf neue Eskapaden einlassen wollen. Lange genug hatte Lilli mit Zoey zusammengelebt. So schnell würde ihre Zoey nicht aufgeben. Da war sie sich sicher. Mit der Polizistin Sheeree Miano wollte Lilli in Kontakt bleiben. Diese war rund um die Uhr telefonisch erreichbar, wenn es etwas Neues geben würde. Irgendwann müsste es doch einen Anhaltspunkt für Zoeys Verbleib geben. Nein, sie war nicht tot! Da war sich Lilli sicher.

24. September 2007

Lilli saß verzweifelt an ihrem Küchentisch und grübelte vor sich hin. Sie war in den vergangenen sieben Monaten hager geworden. Ihre hübschen Geschäftskostüme hingen an ihr, wie zu groß geratene Säcke und ihr Gesicht war kreideweiß. Die Polizistin Sheeree Miano hatte Lilli schon seit einem Vierteljahr nicht mehr angerufen. Es gab einfach nichts, keine Spur von Zoey! Das hieß aber nicht, dass sie beide keinen Kontakt mehr hatten. Lilli wählte die Telefonnummer der Beamtin mindestens dreimal wöchentlich. Immer wieder hörte sie von dieser nur dieselben Worte und Sätze: »Ich kann Ihnen nichts Erfreuliches sagen. Tut mir Leid! Aber so schlimm es sich auch anhört - zu unserem Bedauern: wir tappen völlig im Dunkeln!«
Und doch gab Lilli nicht auf. Sheeree Miano war ungefähr im selben Alter wie Lilli und wenn sie ihr auch nichts Positives zu Zoeys Fall berichten konnte, hörte

sie ihr zu und das bedeutete Lilli sehr viel. Sie hatte doch sonst niemanden, mit dem sie ihren Schmerz hätte teilen können. Ihre Kollegen, einschließlich Lauren, meinten nur, sie sollte sich endlich wieder fangen und ihr Leben weiterleben. Quatsch! Wie sollte sie denn einfach so weiterleben? Das war so leicht dahingesagt.

Im Büro war Lilli nur noch so wichtig wie ein unnützes Mobiliar und nur der Kulanz ihres Chefs, der heimlich in sie verliebt war - es ihr aber nie gezeigt hatte, da er Frau und Kinder hatte - verdankte sie ihren jetzigen `Schonposten`. Seit Monaten schon bearbeitete sie fast nur belanglose Anschreiben und brauchte sich den wichtigen Kunden nicht mehr zu präsentieren. Sie hatte zirka zehn Kilo ihres Gewichtes verloren, da sie selbst und die Polizei seit den langen vergangenen sieben Monaten nichts Neues über Zoeys mysteriöses Verschwinden herausgefunden hatten. Wie sollte sie das nur alles überstehen? Zoey blieb verschwunden und Lilli konnte einfach nichts tun!?

Es kam ihr vor, als hätte sie Wallis und seinem Zwillingsbruder damals Unrecht getan. Jetzt konnte sie deren Einstellungen zum Leben nachempfinden. Sie hatte ihnen doch vor einem Jahr eindringlich erklären wollen, dass sie sich, auch wenn sie zwar als eineiige Zwillinge geboren wurden, irgendwann als eigenständige Menschen voneinander trennen müssten!

Es sei nicht normal, wie sie leben wollten! War sie zu voreingenommen und blind? Ahnte sie nur nicht, wie stark die Macht einer Geschwisterliebe sein könnte? Sie hatte die beiden attraktiven Männer, die sich so stark aneinandergekettet hatten, für ihre Entscheidung ausgelacht und ihnen das auch mit nicht gerade einfühlsamen Worten deutlich gesagt. Jetzt bemerkte sie, wie sie Zoey vermisste und obgleich sie nicht einmal ihre leibliche Schwester war, fühlte sie sich, als würde sie an ihrem Leid zerbrechen, wenn Zoey nicht mehr auftauchte. Waren diese Zwillinge ihr bewusst ins Leben geschoben worden? Sollte sie jetzt bestraft werden und selbst fühlen müssen, wie es ist, wenn man ihr einen wichtigen Teil des Lebens einfach wegnahm?

Doch an diesem Nachmittag passierte etwas Seltsames. Lilli holte ihre Post aus dem Kasten und beim Durchsehen entdeckte sie eine Ansichtskarte, die an Zoey adressiert war. Tief schmerzte es in ihrer Brust, aber als sie die Nachricht darauf las, stiegen Zweifel in ihr auf:

»Viele liebe Grüße von Sugar. Befinde mich jetzt auf den Malediven. Es ist einfach herrlich hier. Melde dich bitte, wie abgesprochen!«

Lilli runzelte die Stirn und fragte sich, wer war jetzt diese `Sugar´? Hatte Zoey ihr jemals von einer Sugar erzählt? Sie konnte sich nicht erinnern. Hatte ihre Freundin ihr irgendetwas verschwiegen? Das machte sie stutzig und nochmals setzte sie sich an Zoeys Schreibtisch und suchte nach einem Anhaltspunkt für die mysteriöse `Sugar´.

Aber sie fand nur dasselbe, was sie schon unzählige Male in der Hand gehalten hatte.

Das mit Rotwein getränkte Inserat war das Einzige, was Zoey noch in ihrem Schreibtisch aufbewahrt hatte, und genau das hatte in Lilli die bösen Träume heraufbeschworen und sie mochte es nicht mehr anfassen.

Vorsichtig schob sie es zur Seite. Weshalb sie es nicht längst in den Papierkorb geworfen hatte, wusste sie selbst nicht. Irgendwie war es ein Stück von Zoey und sie konnte auch dieses Stück Erinnerung nicht vernichten.

Wieder sah sie es an und konnte darin nur ein blutiges Ereignis sehen, was ja unweigerlich auch eingetroffen war!

Zoey hatte keine anderen Inserate aufgehoben und das schien Lilli auch nicht wichtig zu sein. Zoey hatte vielleicht all ihre Dates vergessen wollen, oder sie hatte sie vielleicht per entsprechender Telefonnummer in ihrem Handy abgespeichert!?

Doch auch wenn sie das getan hatte, konnte man nicht nachforschen, da ihr Handy in der Handtasche war, die sie Sharif bei ihrer Flucht aus dem Hotelzimmer unfreiwillig überlassen hatte. Es war weg und ihr jetziges neues Handy wurde nicht aufgefunden. Sie war damit spurlos verschwunden. Was also hatte das alles für einen Sinn? All das war Lilli zwar schleierhaft, aber sie wollte nicht darüber nachdenken. Doch sie suchte ja auch nicht nach den Männern oder nach deren Telefonnummern, sie suchte nach einem Hinweis auf diese Sugar!!!

Lilli wollte schon aufgegeben und schob die unterste Schublade des Schreibtisches zurück, da fühlte sie etwas an ihrem rechten Finger. Sie drückte das, was sie spürte, gegen die Innenwand und schob es immer weiter nach oben. Ein Teil einer Streichholzschachtel kam zum Vorschein. Und Lilli entdeckte darauf eine Schrift. Hieroglyphenartig stand dort scheinbar eine Telefonnummer und dahinter konnte sie, nur mit Mühe entziffern, dass es Sugar heißen könnte! Lilli drehte diesen Fetzen in ihrer Hand hin und her und es reizte sie, diese krakeligen Zahlen in ihr Telefon zu tippen und es einfach zu versuchen ....

Sekundenschnell würde sie doch erfahren, ob sie die richtigen Ziffern entschlüsselt hätte. Sie tat es und nachdem sie zweimal hören musste: »diese Rufnummer ist nicht vergeben!« und es nochmals versuchte, ging ein Rufton raus und ließ es am anderen Ende läuten!

»Hallo, Zoey! Hast du es geschafft? Ich freue mich für dich. Gratuliere!«, klang es aus dem Telefon.

»Was sollte sie geschafft haben?«, sprühte es aus Lilli unüberlegt heraus.

»Hallo! Wer ist denn da?«

»Das frage ich mich auch?«, antwortete Lilli fast böse klingend.

»Du bist nicht Zoey?«

»Nein, richtig geraten, ich bin nicht Zoey, aber wenn ich fragen darf: Wer sind Sie?«

»Das muss ich dir nicht sagen. Schade!«, hörte Lilli nur und sofort war die Verbindung unterbrochen.

»Nein!!!«, rief Lilli aufgebracht. »Warten Sie bitte!« Erneut versuchte Lilli die Verbindung herzustellen und es gelang ihr diesmal schon beim zweiten Versuch.

»Hallo?! Was wollen Sie?«, ertönte jetzt fordernd die Stimme am anderen Ende.

»Entschuldigen Sie bitte! Hier ist Zoeys Freundin«, erklärte Lilli schnell.

»Ach so, Sie sind diese Tilli oder so ähnlich? Ich weiß es nicht ganz genau. Ja, aber wieso ...?« »Bitte, bitte, hören Sie mir zu. Können Sie mir vielleicht weiterhelfen? Ja, ich bin Lilli«, unterbrach sie sie und schluchzte vor lauter Aufregung.

»Was ist denn passiert? Sie klingen ja, als seien Sie völlig aufgelöst? Wo ist denn Zoey, kann ich sie sprechen?«

Eine kleine Pause entstand.

Jetzt weinte Lilli und entschuldigte sich: »Verzeihen Sie mir! Aber für einen Moment dachte ich, sie sei vielleicht bei Ihnen.«

»Bei mir? Nein, Zoey ist nicht hier bei mir. Mädchen,

was ist denn nur passiert, rede doch!«, klang die Stimme dieser Sugar sehr vertraulich und besorgt.

Lilli holte tief Luft und meinte: »Zoey«, sie zog die Luft jetzt laut durch die Nase, »Zoey ist verschwunden!«

»Wie ..., wieso verschwunden, aber ...?«, stotterte es nun aus dem Handy. »Ganz ruhig, bitte bleib` ruhig, Mädel, und erkläre mir das!«, meinte diese Sugar aufgeregt.

»Ja, aber vorher will ich wissen, wer Sie sind und weshalb haben Sie gefragt, ob Zoey es geschafft hatte? Was sollte sie denn geschafft haben? Und Sie wussten doch gar nicht, wer Sie in diesem Moment anruft?«

Lilli betrachtete einen Moment lang ihr Handy und schüttelte den Kopf. Es war ihr Handy und das hatte sie schon jahrelang. Nur wenige hatten ihre Nummer und diese Sugar mit großer Sicherheit schon gar nicht.

»Doch, ich wusste, dass es nur Zoey sein konnte«, begann die Frau am anderen Ende, »denn ich gab ihr vor ungefähr einem dreiviertel Jahr meine Handynummer und sie mir diese, die jetzt auf meinem Display angezeigt ist. Ich habe sie unter den Namen Zoey gespeichert. Sie hatte doch ihr Handy im Hotelzimmer bei diesem Sharif gelassen. Deshalb gab sie mir wohl deine, Mädchen! Hatte sie dir davon nichts erzählt?«

Lilli schluchzte: »Davon wusste ich nichts.«

Jetzt war sie selbst erstaunt, denn soeben hatte sie anscheinend gegen das Gesetz verstoßen und nicht darauf geachtet, ob ihre Nummer übermittelt werden würde. Hatte sie etwa immer nur gedacht, sie hätte diese Funktion richtig in ihr Handy eingegeben? Jetzt überkam sie ein Angstgefühl, denn wenn es so war, war sie nicht sicher gewesen.

Sugar unterbrach Lillis Grübeleien und erklärte weiter:

»Lilli, du willst wissen, wer ich bin. Ich bin erstaunt,

dass dir Zoey nichts von mir erzählt hatte, wenngleich ihr euch doch so nahesteht. Ich bin Sugar und heiße aber eigentlich Khandi Shalhoub und bin ein paar Jahre älter als ihr beide. Ich gehe schon auf die siebzig zu. Zoey habe ich auf dem Flur des Hotels Golden Palace aufgegriffen und in mein Zimmer geholt, als sie sich in panischer Angst auf der Flucht vor diesem Sharif befand. Nun sag` mir bitte, was mit ihr passiert ist!«

Lilli ließ diese Erklärung auf sich wirken. Erst später würde sie darüber genauer nachdenken können, was sie davon halten sollte. Zoey, ihre beste Freundin, hatte also doch Geheimnisse vor ihr gehabt. Sie holte tief Luft und versuchte sich jetzt auf diese Situation einzustellen. Besonnen und geistesgegenwärtig erklärte sie: »Ja, Zoey ist verschwunden und seit sage und schreibe sieben Monaten tappt die Polizei im Dunkeln.«

»Seit s-i-e-b-e-n Monaten?«, hakte Sugar ein.

»Ja, so lange ist es schon her und es gibt zwar Spuren, aber alles spricht nur gegen Zoey. Sie suchen nach ihr, denn sie hat etwas Schreckliches hinterlassen!«

Ohne ganz genau hingehört zu haben oder diese Aussage zu deuten, schlussfolgert Sugar in die verkehrte Richtung.

»Nein, sie hat doch nicht ...«, stockte Sugar. »Was stand in ihrem Abschiedsbrief?«, fragte sie Lilli erregt und fast nur hauchend.

Lilli schluchzte laut und Tränen liefen über ihr Gesicht und als sie begriff, was Sugar vermutete, musste sie ihr erklären:

»Nein, nein! Zoey hat sich das Leben nicht nehmen wollen. Anscheinend aber hat sie jemanden umgebracht! Ja, sie steht unter Mordverdacht!«

»Mordverdacht???«, rief Sugar und Lilli musste das Telefon von ihrem Ohr entfernen.

Lilli führte das Handy wieder vorsichtig zurück und schluchzte:

»Ja, und ich glaube, dass sie sich irgendwo versteckt hält und nicht weiß, wie es weitergehen soll. Wahrscheinlich vegetiert sie irgendwo vor sich hin und steht unglaubliche Ängste aus - genauso wie ich. Ich habe so Angst, dass sie sich vielleicht doch etwas antun könnte. Wenn sie den Toten wirklich auf dem Gewissen hat, dann war es Notwehr. Ich weiß nicht, warum sie sich nicht der Polizei stellt?«

Sugar ergriff das Wort:

»Wem sollte sie denn ...?«

Sie überlegte kurz und fügte hinzu.

»Das kann nicht wahr sein. Sollte es wirklich so weit gekommen sein und dieser Sharif hatte sie doch aufgespürt und sie musste ihn in Notwehr töten?«

Lilli wischte sich die Tränen von den Wangen und schüttelte den Kopf, doch das konnte ihre Gesprächs-partnerin ja nicht sehen.

»Nein, Sharif ist nicht tot. Es war keiner ihrer früheren Bekanntschaften. Mit dem Mann, den man tot auffand, traf sie sich das erste Mal und doch war es das nicht.«

»Wie soll ich das denn jetzt verstehen?«, wollte Sugar wissen.

»Ich weiß, es klingt alles so verwirrend, aber die Polizei fand heraus, dass dieser Mann Zoeys Jugend-liebe gewesen war und die beiden sich durch diese Anzeige zufällig wiedertrafen. Es klingt wie ein Märchen, denn das Schicksal hatte sie wieder zusammengeführt und dann ...«

Sugar hatte genug gehört - jedenfalls für`s Erste - denn sie meinte fest entschlossen:

»Mädchen, ich nehme den nächsten Flieger.«

Lilli gab Sugar noch ihre genaue Adresse und dann war das Gespräch beendet.

Wie benommen ging Lilli ins Wohnzimmer, öffnete die Bar und gleich darauf vermischte sich der kleine Whisky im Glas mit dem Funken Hoffnung, der Lillis Seele durchströmte und rann ihre Kehle hinunter bis in den Magen. Sie fühlte ein heißes Gefühl in sich aufsteigen und als sie dann aufrecht auf dem Sofa saß und das leere Glas in ihren Händen drehte, sprach sie in den Raum: »Zoey, halte durch! Ganz gleich, wie lange wir brauchen, wir werden dich finden und dich aus deiner Lage befreien!«

DIENSTAG, 25. SEPTEMBER 2007

Genau um zehn Minuten nach Zwölf klingelte Lillis Handy und obgleich sie sehnlichst auf gerade diesen Anruf gewartet hatte, jagte ihr der Klingelton einen Schauer über den Rücken. Fast auf die Minute genau vor 7 Monaten, hatte es auch an ihrer Haustür geklingelt. Lilli hatte sich diesen Tag: 18. Februar um 12.09 Uhr genau eingeprägt und würde diese Daten nie in ihrem Leben vergessen können. Die beiden Polizeibeamten, denen jegliches Feingefühl fehlte, hatten ihr die Papiere ihres Wagens gebracht und sie war daraufhin an ihre Schmerzgrenze gelangt aus Sorge um Zoey und kam ins Hospital.

Noch immer schellte das Telefon und Lilli musste es schaffen, sich von diesen bösen Erinnerungen, die sie durchströmten zu lösen. Sie blickte auf das Display ihres Handys und erkannte Sugars Nummer genau, doch fühlte sie sich gehemmt und von einer panischen Angst geplagt zitterte sie am gesamten Körper. Endlich nahm sie das Gespräch an und meinte nur kurz:

»Ja?« und Sugars Stimme brachte ihr eine leichte Beruhigung.

»Lilli! Wo warst du? Ich bin es, Sugar!«

Lilli rollten die Tränen über`s Gesicht und sie hauchte ins Handy: »Ich bin ja hier, ja, ich bin hier!«

Sugar bemerkte, dass mit Lilli etwas nicht stimmte und fragte besorgt: »Mädchen, geht es dir gut?«

Lilli versuchte sich einzukriegen, doch es gelang ihr nicht und sie schluchzte:

»Mir geht`s gut, alles okay!«

Khandi Shalhoub verzichtete auf Lillis Angebot vom Vortag, sich von ihr vom Flughafen abholen zu lassen und meinte:

»Mädchen ich bin jetzt auf dem Flughafen und nehme mir ein Taxi. Bleib´ ganz ruhig! Ich werde - ich weiß nicht genau in wie viel Minuten - bei dir sein. Rühr` dich nicht von der Stelle!«

Khandi hatte genügend Geld, um sich zu Lilli chauffieren zu lassen, aber das konnte Lilli ja nicht wissen.

Deprimiert über ihr Gebaren und noch völlig in Gedanken versunken, steuerte Lilli zum Wohnzimmerfenster hin und blickte hinaus. Es mochte etwa eine Viertelstunde vergangen sein, da entdeckte Lilli ein Taxi, das vor dem Haus hielt. Dem entstieg eine weißhaarige Frau. Diese entdeckte Lilli, die sich weit über das Fenstersims hinausgelehnt hatte. Pure Intuition veranlasste Sugar zu rufen: »Lilli, ich bin gleich bei dir!!«

Der Fahrstuhl öffnete sich und Lilli fiel dieser ihr unbekannten Frau mit den Worten in die Arme: »Helfen Sie mir bitte. Wir müssen herausfinden, was mit Zoey geschehen ist, bitte, bitte! Ich zerbreche sonst an meinem Schmerz!«

Khandi Shalhoub war schockiert und gerührt zugleich. Eine unbändige Macht hatte Lilli und Zoey zusammengeschweißt. Mittlerweile waren nun sieben Monate seit Zoeys Verschwinden vergangen und immer noch litt Lilli darunter wie am ersten Tag und hatte die Hoffnung, ihre Freundin lebend wiederzufinden, nicht aufgegeben. Das war eiserne Freundschaft, oder man könnte sogar sagen - wahre Schwesternliebe!

»Ich werde es versuchen, Mädchen! Deswegen bin ich doch gekommen!«

Sugar erfuhr von Lilli, die nur noch wie der lebende `Tod` aussah, dass die Polizeiarbeit keine weiteren Ergebnisse ergeben hatte. Sie erzählte ihr von ihrem Kontakt zu der Polizistin Miano, die ihr wenigstens Gehör schenkte und davon brauchte sie so viel, da sich sonst niemand ihrer Gedanken annahm.

Auch in Zoeys Schreibtisch hatte Lilli keine Anhaltspunkte für Zoeys möglichen Aufenthalt gefunden.

Sugars Telefonnummer, die sie darin fand, erweckte in ihr einen Hoffnungsschimmer, der nun aber wieder verblasste.

Die Polizei sprach von einem Messer, doch Lilli hatte keine Kaufquittung oder dergleichen gefunden.

Nichts, nicht einmal die Inserate der Männer, mit denen sie sich traf, hatte Zoey aufgehoben. Alles, was sie mit diesen Personen erlebt oder hinter sich gebracht hatte, hatte sie anscheinend vernichtet, um nicht mehr daran erinnert zu werden. Lilli konnte Sugar nur das letzte Inserat, das durch den verschütteten Rotwein wie blutbeschmiert aussah, zeigen. Zoey hatte es noch nicht vernichtet, da sie sich an dem besagten Abend mit Matt treffen wollte und es den Indizien nach auch definitiv tat.

Lilli hatte es Zoey nicht sagen können, aber Sugar beichtete sie jetzt, dass der Anblick des rotgefärbten Inserates, in ihr wahnsinnige Albträume entfacht hatte.

Der Fetzen Papier sah aus, als hätte man ihn benutzt, um damit Blut wegzuwischen!?

Im Traum hatte sie Zoey gesehen und überall war Blut gewesen.

Irgendwie war ihr böser Traum wohl real geworden. Denn, obgleich es nicht Zoeys Blut war, hatte ein anderer Mensch seines in großer Menge verloren und Zoey war seitdem spurlos verschwunden.

Khandi Shalhoub hörte Lilli interessiert zu und letztendlich ergriff sie das Wort, und sie hatte eine ganz andere Version für das Verschwinden von Zoey.

Obgleich alle Indizien eindeutig zu dem zielsicheren Schluss führten, dass nur Zoey und ihr mutmaßliches Opfer, Ryan Haymann, in die Sache verwickelt waren, zweifelte sie an dem Tatbestand. Sie wollte diesen Sharif einfach nicht ausklammern. Als Sugar Zoey in ihr Hotelzimmer holte, hatte sie deren angsterfüllte Augen gesehen und die Schilderungen der jungen Frau gingen ihr nicht aus dem Gedächtnis.

»Er sah aus, als wollte er mich gleich umbringen!«, waren Zoeys Wort gewesen und diese waren ernstzunehmen.

Lilli schüttelte nur mit dem Kopf, doch sie wollte Sugar nicht ihre Meinung dazu sagen. Immerhin versuchte Sugar doch ihr zu helfen. Wenn Lilli auch glaubte, Sugars Gedanken wären Hirngespinste, nahm sie sich zusammen und ließ Sugar im Glauben, sie würde ihr beipflichten. Irgendwas musste doch unternommen werden! Wenn es auch der falsche Weg war, dachte Lilli, wäre es wenigstens eine Ablenkung.

Sugar schaute in ihren Terminkalender und konnte

genau den Tag angeben, an dem Zoey mit Sharif im Hotel Golden Palace ihr Abenteuer erlebt hatte, es war am 25. November 2006. Sofort rief Sugar die Rezeption dieses Hauses an und erfuhr leider nichts Lukratives von der dort Angestellten.

Aber für Sugar war das keine Hürde und sie machte sich gleich am nächsten Tag auf den Weg und bekam genau die Auskunft, die sie suchte. Sugar hatte in ihrem Leben viele einflussreiche Personen kennengelernt und Beziehungen aufgebaut, die ihr nun viele Türen öffneten. Lilli musste davon ja nichts wissen.

Sharif hatte seinen vollständigen Namen bei seiner Anmeldung angegeben und als er abreiste, nach dieser Nacht mit Zoey, bezahlte er wie vermutet, mit seiner Kreditkarte. Und somit war es für Sugar doch ein Leichtes, an seine Adresse zu kommen.

Sehr komisch war, dass Sharif Brolin, diese Kreditkarte seit Februar 2007, also mittlerweile über sieben Monate nicht mehr benutzt hatte, um etwaige Rechnungen zu begleichen?! Wie Sugar an solche geheimen Daten herankam, war Lilli ein Rätsel.

Seit dem 18. Februar war Zoey verschwunden? Für Sugar war das eine unglaublich heiße Spur. Gab es da eine Verbindung, der sie und Lilli unbedingt nachgehen mussten? Nachdem Sugar einige Stunden Zeit der Überlegung hatte, war sie wie besessen davon und für sie stand fest, dass Sharif etwas mit Zoeys Verschwinden zu tun haben musste. Denn immer wieder erschien Zoeys angsterfüllter Gesichtsausdruck vor ihrem geistigen Auge, als diese ihr erzählte, wie Sharif auf sie losgegangen war. Sugars Stimme klang sicher, als sie zu Lilli sagte: »Lilli, dieser Sharif hat sich an Zoey gerächt, glaube mir! Wir müssen ihn finden!

Ich weiß nicht, wieso er seine Kreditkarte nicht mehr benutzt hat, aber sicherlich ist er untergetaucht und wollte so alle seine Spuren verwischen. Er hat Dreck am Stecken! Noch immer kann ich seinen Wutschrei hören. Er hat Zoey etwas angetan, bestimmt, ganz sicher!«

Lilli schüttelte trotz allem den Kopf, denn sie konnte einfach keine Verbindung zwischen Zoey und Sharif sehen. »Zoey war mit Ryan verabredet, den man tot aufgefunden hatte und in seinem Haus und auf dem Messer waren Zoeys Fingerabdrücke. Sharif hatte sie Monate vorher getroffen und der hatte weder Zoeys vollständigen Namen, noch ihre Adresse oder Telefonnummer. Das Handy war, wie das Gesetz es vorschrieb, ausgeschaltet gewesen. Er konnte an keine Daten herankommen und sie somit nicht ausfindig machen. Nein, ich kann nicht glauben, dass Sharif etwas mit Zoeys Verschwinden zu tun hat! Das passt nicht zusammen!«

Sugar wollte sich von ihrem Verdacht nicht abbringen lassen.

»Lilli, vielleicht hat er gezielt nach ihr gesucht und sie irgendwo wieder erkannt. Das kann doch möglich sein und er wollte sich an ihr rächen, für die Striemen auf dem Rückgrat, durch die er vielleicht seine `Grace` verloren hatte.«

»Striemen? Welche Striemen?«, fragte Lilli bedäppert. Jetzt öffneten sich Lillis und auch Sugars Augen, denn es kristallisierte sich eindeutig heraus, dass Zoey ihrer Freundin Lilli weniger über sich erzählt hatte, als sie einer für sie fremden Frau gebeichtet hatte. In Lilli eröffnete sich ein Wirrwarr der Gefühle und eine unglaubliche Enttäuschung breitete sich in ihr aus. Betroffen schloss sie die Augen und musste sich erst einen Moment erholen, bevor sie dann resigniert von sich gab:

»Sugar, anscheinend weißt du mehr als ich über Zoey, was ich zwar nicht begrüße und auch nicht verstehe, aber da der Polizei entweder die Lust oder die richtigen Fakten fehlen, werden wir nach Sharif suchen! Ganz gleich, was es bringen wird, aber irgendwas muss getan werden!«

Lilli verlangte keine Erklärung von Sugar, bezüglich dieser erwähnten `Striemen`, von denen Zoey ihr nichts erzählt hatte. Wichtig war nur - Sugar und sie - mussten herausfinden, was passiert war. Und wenn Zoey nach all dem noch lebte, musste sie gerettet werden - ganz gleich wie!!!

»Was wollen wir also tun?« Lilli sah Sugar fragend an.

»Selbstverständlich müssen wir dem Sharif einen Besuch abstatten und herausfinden, weshalb er seine Kreditkarte nicht mehr benutzt.«

Skeptisch blickte Lilli zu Sugar.

»Aber, vielleicht benutzt er seine Karte nicht mehr, da er ...«

»Weshalb sollte er nun auch ... Lilli! Ach, was! Außerdem ist er unter seiner Adresse noch gemeldet«, konterte Sugar und nahm Lilli diesen absurden Verdacht.

»Ich weiß doch nicht, was ich denken soll, Sugar! Was ist dann mit dieser `Grace`? Ist sie Sharifs Frau?«

Lilli hatte das Thema wieder aufgewärmt, obgleich sie über diese Frau eigentlich keine Auskunft erhalten wollte. Doch jetzt musste es sein, denn es schien wichtig. Sugar spürte Lillis Verlegenheit, ließ sich aber nichts anmerken.

»Ich nehme es an, aber sie könnte auch eine Freundin sein«, antwortete Sugar nachdenklich.

»Bevor wir zu seiner Wohnung fahren, wäre es nicht

ratsam, wenn wir dort anrufen? Wir wählen die Telefonnummer und wenn sich eine weibliche Stimme
meldet, dann müsste das Grace sein.«
Lilli nickte kräftig, denn sie fand den Vorschlag
passend.
Sugar jedoch zuckte mit der Schulter.
»Was willst du sie fragen?«
»Na, ganz direkt, ob Sharif Brolin zu sprechen ist. Ich
bin gespannt, wie diese Grace reagieren wird.«
Anfangs war Sugar von der Idee nicht begeistert. Sie
war reiselustig und hätte die lange Fahrt dorthin gern
sofort unternommen. Doch dann gefiel ihr Lillis Plan.

MITTWOCH, 26. SEPTEMBER 2007

Lilli erledigte ihre Arbeit heute wieder nur recht
oberflächlich. Aber anscheinend genügte es ihrem Chef,
sie nur in seiner Nähe zu wissen. Vielleicht holte er sich
bei ihrem Anblick seinen Appetit und seine Frau konnte
sich glücklich schätzen über seine Leidenschaft, die er
dann an ihr ausleben durfte.
Gegen Abend wählte Lilli die Festnetznummer von
Sharif Brolin. Wie erhofft und gewünscht meldete sich
eine Frau, namens Grace Brolin und als Lilli diese auf
Sharif ansprach, brach die Frau in Tränen aus und sagte
dann mit weinerlicher Stimme: »Wenn ich nur wüsste,
wo er ist! Er ist seit Monaten spurlos verschwunden.«
Lilli erschrak und zuckte zusammen.
»Aber, wer sind Sie denn überhaupt?«, hörte sie jetzt
Grace fragen. Lilli war so fest in ihre Gedanken vertieft.
Die Aussage, dass Sharif auch verschwunden war,
machte sie fassungslos, und ohne ein weiteres Wort zu
sprechen beendete sie die Verbindung.
Lilli legte das Handy beiseite und schaute Sugar aus

großen Augen an.

»Sharif ist auch schon seit einigen Monaten verschwunden.«

»Hab ich es doch gewusst!«

Sugar war fest der Überzeugung - Sharif hat Zoey!!!

Lilli strich sich sinnierend über die Stirn.

»Was sollen wir nun tun?«

»Wir müssen der Polizei unseren Verdacht mitteilen! Mal sehen, was sie unternehmen können! Ich weiß echt nicht, was sonst werden soll? Sharifs Frau hofft noch immer, dass ihr Mann irgendwann wieder auftaucht. Der müsste man mal erklären, dass sie sich wohl damit abfinden muss, dass der für immer weg ist ...«

Lilli zog einen Flunsch und blickte Sugar grimmig an.

»Wenn man einen Menschen liebt, gibt man ihn nicht so einfach auf!«

Sugar wurde bewusst, was Lilli mit ihrem Blick und ihren Worten verdeutlichen wollte.

»Verzeih` Lilli! Du hast ja Recht. Auch wir geben Zoey nicht auf!«

Lilli lächelte wieder.

»Gut, dann werde ich morgen Mrs. Miano anrufen. Doch vorher müssen wir überlegen, was ich ihr genau erzählen soll.«

Sugar und Lilli wollten abschalten. Erst unternahmen sie einen langen Spaziergang und dann endeten sie im Sunshine Cinemar, in dem ein absolut geistloser Liebesfilm ausgestrahlt wurde.

Erst gegen Mitternacht waren sie wieder zuhause und völlig erschöpft schlief Sugar sogleich im Ohrensessel ein. Lilli warf sich auf´s Sofa. Im Bett hätte sie sowieso keine Ruhe gefunden.

Lilli kam aus dem Bad und wollte sich nur noch von Sugar verabschieden, aber als sie ihr Handy in ihrer Tasche suchte, bemerkte sie, dass es sich nicht darin befand. Ihre Augen suchten das Wohnzimmer ab und fanden es.

Untypischerweise lag es auf dem Couchtisch und lugte nur etwa zur Hälfte unter der Programmzeitschrift hervor. Wie das geschehen war, war ihr unerklärlich. Sie hatte es sonst stets und ständig dabei. Schnell wollte sie es an sich nehmen und einstecken, da fiel ihr auf, dass unbeantwortete Anrufe auf dem Display verzeichnet waren. Eine panische Angst überkam sie, denn sie erinnerte sich, wie sie für Zoey am Tage ihres Verschwindens nicht erreichbar gewesen war.

Ihr wurde ganz heiß, als sie erkannte, wer sie fünfmal am gestrigen Abend hatte anrufen wollen.

Schnell wählte sie ganz aufgeregt die Nummer.

»Hier Lilli Graham. Ich war gestern im Kino und hatte mein Handy nicht dabei.«

»Miss Graham, ich habe so oft versucht, Sie zu erreichen. Ich habe eine äußerst wichtige und dringende Nachricht für Sie«, erklärte Mrs. Miano und ihre Aufregung war zu spüren.

»Ja, ich ..., ich ...«, stotterte Lilli betroffen.

»Kommen Sie so schnell es geht ins Miller Hospital! Ihre Freundin, Zoey Marshall, wurde gestern Abend hier eingeliefert.«

Lilli war einer Ohnmacht nahe, sie zitterte und war nicht mehr fähig zu sprechen. Da war Sugar schon bei ihr und nahm ihr das Telefon aus der Hand.

»Was ist passiert? ... Alles klar!«

Dann griff sie nach Lilli und führte sie zu einem Sessel.

»Ruhig Mädchen! Vielleicht wird jetzt alles gut.«

Sugar rief ein Taxi und nach etwa einer halben Stunde stürmte Lilli die Stufen hinauf, die zum Eingang des Miller Hospitals führten. Sugar, die froh war, dass sich Lilli von ihrem Schreck schnell erholt hatte und nun unermessliche Freude empfand, ließ sie laufen. Sie war nicht mehr die Jüngste und konnte so ein Tempo nicht mithalten.

Mrs. Miano empfing Lilli auf dem langen Flur, doch in den Augen der Polizistin spiegelte sich keine Freude. Voller Euphorie umarmte Lilli spontan die Polizistin, die diesen Gefühlsausbruch auch zuließ. Doch als Lilli wieder von ihr abließ und ihr ins Gesicht blickte, verwandelte sich ihr Lächeln in Wehmut. Diese Mimik bedeutete nichts Positives.

»Was, was ist mit Zoey? Sie sagten doch, sie wäre hier?«

»Bleiben Sie bitte ganz ruhig. Miss Marshall ist hier und sie lebt.« Lilli atmete erleichtert auf.

»Was ist ihr zugestoßen? Hat sie schwere Verletzungen? Wieso ist sie hier?«

Mrs. Miano lächelte und führte Lilli zu einem Stuhl.

Sugar kam nun endlich auch den langen Flur entlang und steuerte direkt auf die beiden Frauen zu.

»Ich bin auch eine Freundin von Miss Marshall. Mein Name ist Khandi Shalhoub. Können wir zu Zoey?«, meinte Sugar, als sie bei den Frauen ankam.

Mrs. Miano stellte sich Sugar ebenfalls mit Namen vor und fügte hinzu:

»Leider muss ich Ihnen sagen, dass Ihre Freundin im Moment nicht ansprechbar ist. Sie ist vor etwa zwanzig Minuten in einen komaähnlichen Zustand gefallen.

Lilli schluchzte laut auf. »Aber, wir sind doch ...«

»Ja, Sie waren schnell«, beruhigte die Polizistin, »aber niemand konnte das ahnen.«

»Was ist denn passiert und weshalb ist sie in dieses Hospital eingeliefert worden? Wir haben doch so lange nach ihr gesucht und jetzt ist sie plötzlich hier? Hatte sie einen Unfall?«

Mrs. Miano nickte kräftig, aber wollte mit der ganzen Wahrheit noch nicht ganz heraus.

Immerhin war Miss Marshall eine Verdächtige in einem Mordfall und die Beweise gegen sie waren äußerst erdrückend. Nun war diese Frau unter tragischen, doch auch mysteriösen Umständen wieder aufgetaucht und hatte bislang nur den Wunsch geäußert, ihre Freundin Lilli Graham sprechen zu wollen.

Zoey Marshall wusste um ihre Situation und doch hatte sie über den Grund für ihr Verschwinden und den Tod des Ryan Haymann nichts ausgesagt, als sie noch bei Sinnen gewesen war.

Mrs. Miano erhob sich, ohne irgendeine Frage von Sugar und Lilli zu beantworten und verlangte nach Chefarzt Dr. Deacon Decascos. Dieser war auch unmittelbar zur Stelle und bat die drei Frauen kurzerhand in sein Büro. Mrs. Miano hatte ihn zuvor schon um seine Hilfe gebeten, denn sie wusste, dass sie bei Eintreffen von Miss Graham ärztliche Unterstützung benötigen würde, um diesen `Fall` meistern zu können.

Der Chefarzt erklärte Lilli und Sugar nochmals, dass Zoey als Unfallopfer gestern Abend hier in diese Klink eingeliefert wurde. Leider hatte sie durch die Strapazen, die sie in den vergangenen Stunden erleiden musste, vor kurzer Zeit ihr Bewusstsein verloren. Alles schien vorher unter Kontrolle und normal gewesen zu sein, denn sie hatte keine gravierenden äußeren oder inneren Verletzungen.

»Es könnte sein, dass ihre Psyche für ihren jetzigen Zustand verantwortlich ist«, stellte Dr. Decascos nun in den Raum.

Auch der Chefarzt druckste nur rum. Wusste er selbst nicht, was er sagen konnte oder durfte?

Sugar konnte sich nicht mehr zurückhalten.

»Na klar war Zoey völlig am Ende. Das musste sie doch sein. Sie wurde entführt oder sie war unschuldig und musste sich aus Angst verstecken. Das wissen wir doch auch schon.«

Lilli fasste Mut und mischte sich nun auch ein.

»Das ist doch nichts. Können Sie uns denn nichts Genaueres sagen? Psyche, ja die kann eine Rolle spielen, dass sagten Sie uns bereits. Das kann ich aber nicht glauben. Ein Mensch fällt doch nicht einfach so ins Koma. Durch welche Verletzungen ist Zoey denn letztendlich in die Bewusstlosigkeit gefallen?«

Dr. Decascos sah fragend in Mrs. Mianos Gesicht.

»Welche Verletzungen, fragen Sie? Aber wissen Sie denn nicht, das ...«

Mrs. Miano schüttelte den Kopf und hatte des Chefarztes Rede damit unterbrochen. Jetzt musste er einen Schritt weitergehen, das spürte er genau und doch musste dieser Schritt ohne Hektik geschehen. Er wusste selbst nicht, warum er sich heute auf diese Art und Weise beeinflussen ließ, die Erläuterung der bestehenden Fakten so in die Länge zu ziehen.

Mrs. Miano trug da wohl die Schuld, denn sie ähnelte mit ihrem Erscheinungsbild sehr seiner Tochter, Cynthia, die er leider bei einem Segelturne mit erst zweiundzwanzig Jahren auf tragische Weise verloren hatte. »Ja, welche Verletzungen fragte ich?«, wiederholte Lilli mutig, denn das, was hier abging, war wohl nicht ganz normal. Ein Seufzer entwich dem

Mund des Chefarztes.

»Wenn das jetzt so aussieht, dann ... «

Er erhob sich von seinem Chefsessel.

»Dann bitte ich die Damen, mich mal zu begleiten! Anders ist das alles hier nicht zu erklären!«

Sugar und Lilli sahen sich aus großen Augen an.

Wortlos und wie magnetisch angezogen folgten die drei Frauen dem Mann im weißen Kittel und ebensolchem Haar.

In Sugar und Lilli schrie es »Was soll das alles jetzt?« aber die innerliche Spannung heftete ihre Lippen fest zusammen, als wäre Sekundenkleber darauf.

Der Fahrstuhl hielt und Lillis und Sugars Stirn krausten sich beide zeitgleich, denn die Geräusche, die von dieser Station ausgingen, verrieten sogar jedem medizinischen Laien, wo sie sich jetzt befanden.

Entrüstet kam über Lillis Lippen:

»Was wollen wir denn hier?«

»Bitte warten Sie einen winzigen Moment!«, entschuldigte sich Dr. Decascos und verschwand in einem nahen Krankenzimmer.

Sugar und Lilli bewarfen Mrs. Miano sprichwörtlich mit fragenden Blicken, jedoch blieben sie stumm.

Die Tür, durch die der Chefarzt vor Sekunden verschwand, öffnete sich und es war seine Stimme, die höflich bat:

»Kommen Sie bitte herein, Miss Graham, und auch ihre Bekannte darf mit!«

Beiden Frauen schossen unzählige Fragen durch den Kopf. Sie waren kaum fähig sich zu bewegen und doch standen sie im nächsten Moment im Krankenzimmer vor einem etwas ungewöhnlichen Bett.

»Das kann doch nicht ihr Ernst sein?«, stieß Lilli heraus. »Wenn es das sein soll, was ich denke, dann kann und will ich es nicht glauben.«

Sugar schüttelte nur den Kopf, sie war überrumpelt. Beide Frauen starrten völlig außer sich, bestürzt und perplex auf den winzigen Knaben, der in einem Wärmebettchen lag.

Nun äußerte sich Mrs. Miano endlich.

»Sie können glauben, was Sie sehen und sich dabei denken! Darf ich vorstellen: Das ist Jay Marshall.«

»Ich darf mich bitte verabschieden, meine Patienten brauchen mich. Mrs. Miano wird Ihnen sicherlich alles gut erklären«, warf Dr. Deacon Decascos nun in den Raum und stahl sich davon, alles Weitere der Polizistin überlassend.

CAFETERIA DES MILLER HOSPITALS

Irgendwie hatte es Mrs. Miano geschafft, Lilli und Sugar von der Säuglingsstation hierherzulotsen. Hier konnte und musste sie die Fragen der beiden Frauen anhören und versuchen Antworten zu finden.

Es war ein Fragenmeer, das in Lilli und Sugar tobte.

»Ist der Kleine gesund? Er ist doch zu früh geboren, oder?«

Mrs. Miano nickte. »Alles in Ordnung. Siebenmonatskinder sind besser dran, als im achten geborene, laut Dr. Decascos Aussage.«

»Sieben??! Dann muss Zoey ja sofort nach ihrem Verschwinden schwanger geworden sein«, stellte Sugar fest.

»Ja, so muss es gewesen sein«, pflichtete die Polizistin ihr bei. Lilli verließ das Thema `Baby` und sie interessierte sehr: »Mit welchem Auto war Zoey unterwegs? Wo war sie zuvor und wo wollte sie hin?« Mrs. Miano krauste die Stirn.

»Ich weiß nicht, wo ihre Freundin war und wohin sie wollte, aber sie war ja auch nicht die Fahrerin des Wagens.«

»Wie, was sagen Sie da? Wer saß denn dann am Steuer?« Sugar schrie ihre Frage fast. Lilli erschauderte und flüsterte: »Sharif!!!«
Sugars Stimme zitterte nun.

»Ja, ja, ich hab´ es doch …«

»Du hattest also Recht«, unterbrach Lilli sie sogleich.

»Dieses Schwein hat sie also doch gehabt und er …«

»Stopp! Moment mal bitte«, forderte Mrs. Miano laut. Lilli und Sugar verstummten und blickten erschrocken auf die Polizistin. Diese wiederholte nochmals: »Moment bitte! Ich verstehe kein Wort. Von welchem Sharif reden Sie da?«
Sugar und Lilli öffneten gleichzeitig die Münder, doch nur aus Sugar entfleuchte rätselhaft:

»Wir haben es doch gewusst.«

»Was haben Sie denn gewusst?«

»Na, Sharif Brolin war an Zoeys Verschwinden Schuld. Er hat seine Familie verlassen, wahrscheinlich, um mit Zoey eine gründen zu können. Das hat doch auch geklappt. Wo ist der überhaupt? Hat er zur Strafe wenigstens auch ein paar Verletzungen abbekommen?« Lillis Augen funkelten jetzt stark.
Die Polizistin hob beide Hände. »Halt! Bitte überlegen Sie, was Sie da sagen! Denn erstens: der Fahrer des Wagens in dem auch Zoey Marshall saß, wurde auch hier eingeliefert und ist noch immer ohne Bewusstsein und zweitens: im Gegensatz zu ihrer Freundin hatte er

Ausweispapiere bei sich und anhand dieser weiß ich sicher: Der Mann heißt nicht Sharif Brolin.«

»Wie dann?« Sugar und Lilli waren sofort sprachlos. Mrs. Miano faltete ein kleines Papier auseinander, das sie zuvor aus ihrer Uniformjacke gezogen hatte.

»Der Name des Mannes ist Dowell. Besser gesagt, Doktor Bruce Dowell.«

Lilli und Sugar starten fassungslos auf die Beamtin. Damit hatten sie nicht gerechnet.

Sugar hatte nicht die geringste Ahnung, wer dieser Mann war, das zeigte ihr völlig verständnisloser Blick. Aber in Lilli regten sich Erinnerungen und sie konnte Mrs. Miano und Sugar nach kurzem Nachdenken berichten, was sie von Zoey über Bruce Dowell wusste.

Es war einfach unglaublich! Weshalb war Zoey mit dem unterwegs und schwanger von ihm dazu? Sie wollte doch niemals Kinder haben und von dem Mann wohl doch erst recht nicht ...? Was war passiert? Wieso hatte Zoey Ryan getötet und war jetzt bei Bruce Dowell? War da noch etwas, was Lilli nicht wusste, ähnlich wie bei Sugar, von der sie ihr auch nichts erzählt hatte? War Zoey gegenüber Lilli auch in diesem Punkt nicht ehrlich gewesen? Führte Zoey etwa schon lange ein Doppelleben? Und hatte Ryans Auftauchen Zoey völlig aus der Bahn geworfen und es blieb ihr nichts übrig, als ihn aus dem Weg zu räumen?

Mrs. Miano wusste es nicht, doch ihre Gedankengänge ähnelten denen, die in Lilli aufgekommen waren. Auch Lilli glaubte, dass Ryan, der doch so unerwartet wieder aufgetaucht und Zoeys erste Liebe war, Zoeys Pläne für die Zukunft störte und durcheinander brachte. Er war vielleicht eine Bedrohung und musste mundtot gemacht werden. Jede der drei Frauen behielt ihre momentanen

Gedanken für sich. Trotz allem kamen sie aber zu einem gemeinsamen Ergebnis: Nur wenn Zoey wieder bei Sinnen wäre - und das hoffentlich schnell - käme die ganze Wahrheit ans Licht. Auch Dowells Aussage war wichtig, aber wenn sich Widersprüche auftun würden: wem würde man mehr glauben können?

SAMSTAG, 30. SEPTEMBER 2007

Drei Tage und Nächte war Lilli nun nicht von Zoeys Seite gewichen, doch Zoeys desolater Zustand hatte sich nicht verändert. Lilli war in Sorge um Zoey und hoffte so sehr, diese würde wieder zu sich kommen, dass sie einige Male zu sehen geglaubt hatte, wie sich Zoeys Finger leicht bewegten. Aber das hatte sie sich sicher nur eingebildet(!)

Auch Dr. Bruce Mc Dowells Zustand war unverändert. Er lag allein in seinem Krankenzimmer und nur die Ärzte und Schwestern kümmerten sich um ihn. Niemand hatte ihn besucht oder sich überhaupt nach seinem Befinden erkundigt! Das war schon eigenartig, aber man fand heraus, dass seine Eltern nicht mehr lebten und Geschwister hatte er nicht. Aber aus welchen Gründen auch immer: weder Freunde noch Bekannte schienen ihn zu vermissen? Nur Doktor Mc Dowells Sprechstundenhilfe Miss Amanda Howard hatte man informiert, damit sie sich über den Verbleib ihres Chefs nicht sorgen musste. Telefonisch unter- richtete man sie, dass Dr. Mc Dowell einen Unfall hatte und für unbestimmte Zeit nicht praktizieren könne. Entgegen den Erwartungen bemühte sich diese Person weder in die Klinik, noch erkundigte sie sich danach, was mit ihrem Chef denn genau passiert war. Das ganze Gegenteil war der Fall. Miss Amanda Howard reagierte sehr unwirsch und sie fauchte die Polizistin Mrs. Miano am anderen Ende der Leitung regelrecht an und meinte wortwörtlich: »Ich krieg` mich nicht ein. Das auch noch!!! Wie soll das denn hier in der Praxis weitergehen? Ich werde den ganzen Tag damit verbringen, um alle Termine abzusagen und wie soll ich das alles erklären? Und womöglich wird mir meine Mühe auch niemand bezahlen, wie ich das so verstehe!«

Mrs. Miano stockte der Atem wegen dieser Äußerungen, denn Miss Howard zeigte kein winziges Fünkchen Mitgefühl für ihren Chef. Aus ihren Worten, vollbeladen mit Frustration, konnte man eindeutig erkennen, dass sie ihren Arbeitgeber, Dr. Mc Dowell, hasste. Weshalb hatte die Frau eine so starke Antipathie gegen ihn entwickelt? War sie vielleicht einmal in ihren Chef verliebt gewesen und der hatte ihre Liebe nicht erwidert? Mit der Zeit war wohl diese Liebe in Abneigung und Hass umgeschlagen. In vielen Fällen spielte sich das so ab. Wenngleich Mrs. Miano darin noch nicht viel Erfahrung in der Praxis sammeln konnte, erinnerte sie sich doch an ihre Schulungen, in denen man Beispiele ähnlicher Art beschrieb. Und es war sicher so, wie sie vermutete! Mrs. Miano ließ das Gespräch ohne Andeutungen zu machen, ausklingen und wollte ihre Gedanken dazu erst mal ordnen. Sie wollte dieser genervten Miss Howard am Telefon nicht unüberlegte Fragen stellen.

Am Abend auf der Couch grübelte Mrs. Miano intensiv.

`So unbeliebt konnte Dr. Bruce Mc Dowell nicht sein, wenn sein Terminkalender zum Brechen voll war?`

War es wirklich so, dass die Sprechstundenhilfe Amanda ihren Chef erfolglos becirct hatte und wusste sie vielleicht von seiner Beziehung zu Miss Marshall und hatte letztendlich erfahren, dass aus dieser Liaison ein Kind entstanden war, welches Miss Marshall unter ihrem Herzen trug? Immerhin war Mc Dowell Gynäkologe und hatte Zoey, die Mutter seines Kindes, sicherlich von Stund an in ihrer Schwangerschaft betreut!?

Aber wieso?? Wieso war Miss Marshall, die laut Aussage ihrer Freundin Lilli, niemals Kinder haben wollte, nun doch schwanger gewesen? Und das von Bruce Mc Dowell, mit dem sie zwei Treffen hatte, bei dem das Letzte als peinlicher Fauxpas endete?

Hatten beide wirklich eine heimliche Liebesbeziehung, von der nicht einmal Lilli Graham wusste?

Hatte die Sprechstundenhilfe alle Hoffnung auf ihren Chef aufgegeben und sprach deswegen so abwertend und kühl?

Alles schien so unglaublich, aber wenn Mrs. Miano damit richtig lag, würde sie den Tod des Ryan Haymann so erklären:

Miss Marshall hatte sich vielleicht weiterhin mit Männern aus Kontaktanzeigen getroffen, ohne dass Dr. Dowell davon wusste. Vielleicht reizte sie die Herausforderung und sie konnte es einfach nicht mehr lassen. Es könnte sein, dass sie damit erst aufhören wollte oder musste, wenn man ihr die Schwangerschaft ansehen würde? Der Zufall führte sie dann mit Ryan Haymann zusammen. Er war ihre Jugendliebe und sie war ihm völlig verfallen. Sie verschwieg ihm die Beziehung zu Dr. Dowell und dass sie ein Kind von ihm erwartete. Dann verlebte sie eine aufregende Liebesnacht mit ihm und spürte, dass sie Haymann noch immer liebte. Sie offenbarte ihm ihr Geheimnis und Haymann war erschüttert. Vielleicht tobte er vor Empörung, oder er hatte sie angefleht oder ihr sogar befohlen, das Kind abzutreiben?

Miss Marshall wollte zu ihrer Freundin Lilli nach Hause fahren, da Haymann massiv auf sie einredete und dort wollte sie sich alles Weitere erst durch den Kopf gehen lassen. Jedenfalls musste ihr Haymann mit seinem Wagen gefolgt sein. Entweder hatte er ihre Handynummer noch nicht oder Miss Marshall wollte nicht mit ihm reden und nahm den Anruf nicht an. Da er sie nicht so einfach zum Anhalten bewegen konnte, hatte er vielleicht einen Feuerwerkskörper, den er durch Zufall noch im Handschuhfach hatte, gezündet und aus dem Fenster seines Wagen geworfen. Miss Marshall hatte daraufhin dann doch angehalten, aber die Unterhaltung der beiden war irgendwann eskaliert. Da es keine Anzeichen für Kampfspuren gab, hatte sie dieser Haymann sicher nur verbal bedroht oder mit der Hand auch ins Gesicht geschlagen. Vielleicht schwor er, er würde Dr. Dowell von dieser Nacht erzählen!? Zoey hatte aus Angst und Verzweiflung davor, den gut situierten Vater ihres Kindes zu verlieren, das Messer gezogen. Und als Haymann ihr dieses wegnehmen wollte, stach Zoey einfach zu! Haymann sank zu Boden und Zoey war zuerst, völlig in den Schockzustand versetzt, einige Schritte in den Wald gelaufen. Dann besann sie sich ein wenig und lief zurück auf die Straße, der sie dann ungesehen folgte und hatte im nächsten Dorf Unterschlupf gefunden. Von dort rief sie Dr. Mc Dowell an, der sie dann abholte. Wenn das alles so gewesen war, blieb da ein Rätsel!? Sieben Monate waren seitdem vergangen. Dr. Mc Dowell hatte genügend Zeit gehabt, um Zoey die Rechtslage zu erklären, die er sicher kannte. Warum hatte er es nicht getan? Zoey hätte sich stellen müssen und man hätte diesen Fall aus der Sicht der `Notwehr` betrachtet.

Unerklärlich! Wieso hatte er sie versteckt? Wollte er sie so an sich binden und vielleicht für ihre Untreue bestrafen!? Mrs. Miano traute ihm das zu. Denn immerhin hatte sie von Lilli Graham erfahren, dass er äußerst cholerisch reagierte, wenn nicht alles nach seinem Plan verlief.

MONTAG, 1. OKTOBER 2007

Bruce Dowell schlug die Augen auf. Schwester Reese, die gerade vor seinem Bett stand, zuckte zusammen.

»Hallo, Dr. Dowell! Hören Sie mich? Können Sie mich verstehen?«

Der Patient nickte, doch er konnte kein Wort sprechen. Schwester Reese forderte per Knopfdruck Hilfe an und diese erschien sekundenschnell und unmittelbar, in Form von Chefarzt Dr. Dacascos, der sich gerade unweit von diesem Krankenzimmer aufgehalten hatte.

»Dr. Mc Dowell, hören Sie mich??? Ich bin Dr. Dacascos. Wissen Sie, wo Sie sich befinden?«

Dr. Mc Dowell schüttelte leicht den Kopf. Der Chefarzt erklärte: »Bitte bleiben Sie ganz ruhig! Alles ist in Ordnung. Dr. Mc Dowell, Sie hatten einen Unfall und sind gerade wieder aus einem Komazustand erwacht.«

Dr. Mc Dowell öffnete den Mund. Er formte die Lippen so, als würde er versuchen, das Wort `Koma` sagen zu wollen. Dr. Deacon Dacascos verstand die Mimik und fügte hinzu. »Ja, Sie sind aus einem Koma erwacht. Wissen Sie noch, was passiert ist?«

Dr. Mc Dowell benötigte einige Sekunden und dann schüttelte er wieder mit dem Kopf. Doch er verstellte sich nur, denn die Gedanken schossen ihm durch`s Gehirn. Und er sah den Unfall, er sah Zoey, die mit ihrem runden Bauch neben ihm gesessen hatte, als der

Fahrer des Kleintransporters durch die Frontscheibe geschossen kam. Alles war da und er hatte sich bis zu seiner Ohnmacht mit diesen Bilder gequält, denn würde es jetzt kein Wunder geben, würden seine Machenschaften entdeckt werden!

Dr. Deacon Dacascos verließ das Krankenzimmer und wollte die Polizistin Miano informieren.

Mc Dowell zwang sich zur Ruhe. Vielleicht war doch noch nicht alles verloren und er hatte noch eine Chance, da er nicht wusste, wie Zoey den Unfall überstanden hatte. Immerhin war sie hochschwanger gewesen und es könnte doch sein, dass sie nicht so glimpflich wie er davongekommen war. Es war sein Kind, welches sie unter ihrem Herzen trug und vielleicht konnten die Ärzte es retten, aber Zoey durfte es nicht geschafft haben! Genau das würde ihn jetzt retten. Seine Gedanken waren völlig klar und sein Wunsch wuchs immer mehr in ihm. Ohne dass ihm jemand zuhörte, sprach er in den Raum: »Mein Sohn soll leben! Zoey brauch` ich nicht mehr!«

Abwarten! Solange er nicht wusste, was mit Zoey und seinem Sohn geschehen war, wollte er schweigen, bis er Gewissheit hätte. Wenn sich sein Wunsch erfüllte, würde er der Polizei schon eine passende und glaubhafte Lüge auftischen, die ihn von jeglichem Verdacht freisprach. Dann hätte er, was er wollte - sein Kind!

Die Polizistin Miano traf eine halbe Stunde später ein. Sie hatte die Klinik vor etwa zwei Stunden erst verlassen, denn sie kam täglich hierher, um sich über den Zustand der beiden Komapatienten zu erkundigen.

Dr. Dacasco schilderte ihr sogleich den Zustand des Patienten Mc Dowell. Mrs. Miano war nicht überrascht, denn etwas anderes hatte sie auch nicht erwartet. Es bestätigte sich ihre Vermutung, dass Mc Dowell an einer Amnesie litt und sich an gar nichts erinnern konnte!

Freundlich und einfühlsam wiederholte sie Dr. Dacascos Erklärung, die Mc Dowells Verletzungen betrafen, doch Einzelheiten über den Unfall behielt sie für sich. Sie versuchte, Bruce Mc Dowells Gedächtnis zu testen, indem sie dann auf eine fast ungnädige und rigorose Art und Weise hinzufügte:

»Sie können sich also an nichts erinnern! Das muss doch äußerst belastend sein? Haben Sie denn gar keine Ahnung, was passiert ist?«

Mc Dowell schüttelte den Kopf und schob nachdenklich die Lippen übereinander. Heimlich fragte er sich, weshalb ihm diese Nervensäge von Beamtin so bohrende Fragen stellte, obgleich sie doch von seinem Gedächtnisverlust wusste und es störte ihn, dass sie nichts von Zoeys Zustand erzählte? Er konnte es sich nur zusammenreimen und musste einfach davon ausgehen, dass die Mutter seines Kindes den Unfall nicht überlebt hatte. Es musste so sein, denn würde Zoey noch am Leben sein, hätte sie ihn längst verraten - da war er sich hundertprozentig sicher. Doch bevor er es nicht genau wusste, musste er sein Spiel mit der vorgetäuschten Amnesie fortführen.

Mc Dowell sah die Polizistin fragend an:

»Ich weiß nur, dass ich hier in diesem Bett liege und vor kurzem erwacht bin. Das teilte mir dieser Arzt ..., Dr. Sowieso, mit. Da sehen Sie es! Seinen Namen habe ich auch schon wieder vergessen. Oh weh!«, jammerte er leise. »Wie soll ich denn jetzt weiterleben, wenn mir ein Stück Vergangenheit fehlt?« Mc Dowell fasste sich an die Stirn und sinnierend rieb er sich die Schläfen.

Die Polizistin meinte beschwichtigend:

»Da machen Sie sich mal keine so großen Sorgen, Dr.

Mc Dowell! Die Erinnerungen können langsam oder manchmal sogar mit einem blitzartigen Eiltempo zurückkehren. Das sind Erfahrungswerte, das hat mir dieser Dr. Sowieso, dessen Name Dr. Dacasco ist, mitgeteilt.«

Mrs. Miano machte eine Pause und schaute Mc Dowell nachdenklich ins Gesicht.

»Weshalb schauen Sie so eigenartig?«, protestierte er, als es ihm auffiel. Die Zweifel fraßen ihn langsam auf, doch die Fragen, die Mrs. Miano ihm gestellt hatte, wiesen darauf hin, dass sein Wunsch in Erfüllung gegangen war und Zoey ihn gar nicht mehr hatte verpfeifen können. Da sie tot war!!!

Mrs. Miano erkannte Mc Dowells Fahrigkeit und nachdem sie ihm bewusst einige Sekunden schenkte, unterbrach sie seine Grübeleien abrupt:

»Oh, entschuldigen Sie bitte, Dr. Mc Dowell, aber mich wundert schon sehr, dass es Sie anscheinend nicht sehr interessiert, wie es überhaupt zu dem Unfall kam und ob noch andere Beteiligte darin verwickelt sein könnten?«

Mc Dowell fühlte sich ertappt. Die Beamtin hatte Recht! Er wusste doch noch alles, was passiert war, aber hatte sich verstellt. Er hatte einfach nicht daran gedacht, dass sich in ihm viele Fragen auftürmen mussten, da er doch angeblich schier ahnungslos war!?

Schnell musste er die Situation retten und sein Desinteresse erklären! Ablenkend vom Thema äußerte er mit einem Mal: »Ich habe stechende Kopfschmerzen. Könnte ich etwas dagegen bekommen? Das ist ja kaum auszuhalten!«

Mrs. Miano erkannte die Flucht Mc Dowells genau, doch sie blieb ruhig. »Sie werden sicherlich umgehend ein Medikament gegen die Schmerzen erhalten, Dr. Mc Dowell.«

Dieser holte befreiend tief Luft, aber Dowell bekam Mrs. Mianos nächsten Stich sofort zu spüren! Denn sie gab nicht nach und bohrte weiter: »Aber einen Moment halten Sie es doch bestimmt noch aus! Bevor ich gehe und dem Arzt Bescheid gebe, bitte ich Sie, sich noch mal anzustrengen! Vielleicht gibt es doch einige, wenn auch nur winzige Lichtblicke, an die Sie sich erinnern.«

Mc Dowell bereute seinen ersten Fehler zutiefst und jetzt rollte er sichtlich genervt leicht mit den Augen. Dann zog er erkennbar einen Flunsch und meinte mürrisch: »Mein Gott! Sie sind ja unmenschlich!« Er griff sich an die Schläfe und verzerrte sein Gesicht, als wären die Schmerzen kaum auszuhalten.

»Mir brummt der Schädel und Sie löchern mich? Was soll das jetzt?«, beschwerte er sich.

»Ich bin froh, dass ich noch lebe. Ich bin noch nicht mal eine Stunde wieder bei Sinnen!«

Mrs. Miano beeindruckte sein Gebaren nicht. Sie wollte und konnte ihn nicht so einfach in Ruhe lassen.

»Ich habe mich bereits entschuldigt, Dr. Mc Dowell. Aber bitte bleiben Sie kooperativ! Ich muss in diesem Fall ermitteln und brauche einfach alle Fakten, die ich kriegen kann.«

Das war es!!! Die Äußerung beruhigte Mc Dowell nun sehr. Jetzt war er sich fast sicher, dass er von Zoey nichts Negatives zu erwarten hatte. Sollte diese Nervensäge Miano doch fragen, dachte er. Jetzt fühlte er sich etwas mehr aus seiner Einengung befreit.

»Auch ich muss mich entschuldigen, Mrs. Miano!«, begann Mc Dowell nun mit verändertem Tonfall.

»Entschuldigen Sie bitte, dass ich so abweisend war. Aber ich will Ihnen wirklich helfen, das können Sie mir glauben. Natürlich interessiert es mich sehr, wie es zu dem Unfall kam? Leider kann ich nichts dazu sagen, absolut gar nichts.«

Die Polizistin lächelte verschmitzt und sie wusste, dass sie Mc Dowell fast da hatte, wo sie ihn haben wollte! Angestrengt unterdrückte sie ihre Euphorie und gab sich dankend für seine Einsichtigkeit.

»Das ist schade, Dr. Mc Dowell!«, meinte die Beamtin traurig. »Da Sie sich ja nicht erinnern können, steht die Polizei leider vor einem Rätsel.«

»Was meinen Sie damit?«, hakte Mc Dowell sofort nach.

»Hat es irgendetwas mit den anderen beiden Beteiligten am Unfall zu tun?«

»Ja, den anderen beiden!«, wiederholte sie und sprach ohne Betonung dabei.

Mc Dowell hatte nicht einmal bemerkt, dass er sich verraten hatte. Er hätte ja ebenso auf der Landstraße mit seinem Wagen von der Fahrbahn abgekommen sein können? Woher wusste er also, dass es noch zwei Beteiligte am Unfall gab?

Die Polizistin hatte ihn geschickt aus der Reserve gelockt. Er war ein Insekt im Netz, das die bedrohliche Gefahr noch nicht bewusst wahrnahm und sie, Mrs. Miano, war die Spinne, die immer dichter an ihr Opfer herankrabbelte.

Ohne ihm ihre Zweifel an seiner scheinbaren Amnesie zu verdeutlichen, sprach Mrs. Miano einfach weiter und tat so, als ob sie nun erfolglos vor der Lösung des angesprochenen Rätsels stand.

»Ja, es ist schon tragisch, denn beide Personen waren noch nicht einmal dreißig Jahre ...!«

Mc Dowell hatte sich nicht mehr unter Kontrolle. Unüberlegt und völlig unkontrolliert äußerte er betroffen:

»Ja, ich war mir sicher, dass der Fahrer des Kleintransporters es nicht überlebt hat.«

Er hielt inne und schüttelte betroffen den Kopf. Und mit geschlossenen Augen fügte er dann hinzu: »So wie der durch die Frontscheibe geschossen kam ...«

Abrupt und sichtlich erschrocken riss Mc Dowell jetzt die Augen wieder auf und starrte fassungslos in das Gesicht der Polizistin. Sie stand genau vor ihm und sah ihn mit großen triumphierenden Augen an. Ihre Lippen waren geschlossen und doch sah Mc Dowell vor seinem geistigen Auge, wie diese sich bewegen und ... Nein!!! Mc Dowell vergaß das Atmen und legte die Hand vor den Mund, doch damit konnte er das, was er geäußert hatte, nicht ungesagt machen! Er war sich bewusst: er hatte sich eben selbst verraten. Wie sollte er sich jetzt herausreden können?

Aber die Polizistin reagierte ruhig und gelassen.

Innerlich genoss Mrs. Miano ihren Triumph, ließ sich jedoch nichts anmerken.

»Sie haben Recht! Der Fahrer des Transporters ist an seinen immensen Verletzungen sofort am Unfallort verstorben. Er hatte Ihnen, Dr. Mc Dowell, die Vorfahrt genommen und wurde für dieses Vergehen mit dem Verlust seines Lebens bestraft.«

Mc Dowell zog die Stirn kraus: »Ja, jetzt kann ich mich wieder erinnern. Als Sie von zwei Beteiligten sprachen, war plötzlich alles wieder da!« Mit dieser Aussage hatte er für sich seinen unüberlegten Fehler bereinigt und es war doch allem Anschein nach jetzt auch egal, ob er an Amnesie litt oder sich wieder an alles erinnerte. Die Polizistin hatte davon gesprochen, dass das Gedächtnis manchmal blitzartig wiederkäme. Mrs. Miano sagte ruhig: »Schön, dass Sie sich wieder erinnern. Vielleicht kommen wir jetzt ein Stück weiter und Sie können uns sagen, wer die Frau in ihrem Wagen war? Man fand keine Papiere bei ihr.«

»Ja, ich sehe sie wieder vor mir. Die hatte keine Papiere bei sich?«, sagte Mc Dowell und tat verwundert.

»Nein! Sie hatte nicht einmal eine Handtasche oder anderes Gepäck«, erklärte Mrs. Miano, und sie war gespannt auf das, was jetzt von Mc Dowell kommen würde.

»Ja, stimmt! Ich weiß aber auch nicht, wer sie ist. Ich habe diese etwas korpulente junge Frau am Straßenrand aufgegabelt. Sie wollte nur ein Stück mitgenommen werden. Eigentlich ist es gar nicht meine Art Anhalterinnen mitzunehmen und ich stehe schon gar nicht auf übergewichtige Frauen. Aber es regnete doch in Strömen und irgendwie tat sie mir wohl Leid.«

Mrs. Miano war innerlich schockiert. Dieser Arzt, der sogar als Gynäkologe praktizierte, wollte nicht erkannt haben, dass eine schwangere Frau in sein Auto stieg?

»Ach, das erklärt vieles, Dr. Mc Dowell!«, meinte die Polizistin jetzt erleichtert klingend. »Ich habe mich schon gewundert, dass Sie sich nicht gleich nach dem Zustand Ihrer Begleitung erkundigt haben. Aber da Sie die Frau nicht einmal kannten, war es Ihnen sicherlich nicht so wichtig.«

Das wollte Mc Dowell dann doch nicht auf sich sitzen lassen.

»So können Sie das jetzt nicht sagen. Jedes Menschenleben ist wichtig, aber wie gesagt, ich war froh, dass ich selbst überlebt habe und war mit mir beschäftigt. Es tut mir wirklich Leid, dass sie ihr junges Leben ausgehaucht hat. Sie …«

»Schluss jetzt!!!«, fuhr ihn Mrs. Miano plötzlich an und presste ihren Finger tief in den roten Knopf, der über Dowells Bett an einer Verbindung baumelte und für den Notfall benutzt werden durfte ... und das war jetzt ein ähnlicher Fall!

»Ich bin es leid!« Die Stimme der Beamtin klang hart, was für Dowell völlig unerklärlich war, und sie entfernte sich einige Schritte von seinem Bett.

Dann ging sie zur Tür des Krankenzimmers und öffnete diese weit.

Sie blickte starr in Mc Dowells Gesicht und befahl ihm laut:

»Halten Sie bitte endlich den Mund!!!« Sie drehte sich zur Tür und und fügte hinzu:

»Ihre Scheinheiligkeit stinkt zum Himmel!«

»Was ...? Was, wagen Sie ..., Sie sich ...?«, stotterte Mc Dowell und versuchte sich aufrichten, was ihm erst nach dem zweiten Versuch gelang. Schnaufend saß er aufrecht im Bett und machte seiner Verzweiflung wütend Luft indem er schrie: »Was soll das bedeuten? Ich will wissen ...« Doch er verstummte sogleich, denn das, was er sah, raubte ihm mehr als nur die Sprache. War er in einen bösen Traum befördert worden? Er konnte einfach nicht glauben, was nun geschah, was er nun erblickte.

Nacheinander betraten Chefarzt Dr. Dacasco, drei Polizeibeamte und zwei Frauen das Krankenzimmer, wobei die jüngere der beiden Damen einen Rollstuhl vor sich herschob, in dem Zoey Marshall saß!!!

Mc Dowell schüttelte fassungslos den Kopf.

Sekundenlang herrschte bedrückende Stille im Raum.

Angsterfüllt sah er jetzt zu Zoey und schaffte es, direkt in ihre Augen zu blicken, als er fragte:

»Zoey! Konnten die Ärzte Daryl retten?«

»Das ist also das Einzige, was dich interessiert?«, fauchte Zoey ihn an.

Davon ganz unbeeindruckt wiederholte Dowell:

»Sag` schon. Lebt er?!«

Zoey zwang sich zur Ruhe. Sie wusste, sie war ja nicht

allein mit ihm in einem Raum und jetzt wollte sie ihn quälen und reagierte auf seine Frage einfach nicht.

»Wie du siehst, habe ich überlebt und es geht mir den Umständen entsprechend gut.«

Dowells Nerven lagen blank und er schien völlig durchzudrehen. Er schnaufte und ballte seine Hände zu Fäusten.

Diese Reaktion veranlasste den einen Polizisten, sich neben Dowell zu stellen, um etwaige Wutausbrüche seinerseits schnell unter Kontrolle zu haben.

Dowell bohrte seine Ellenbogen tief ins Bettlaken, um seinen Oberkörper hochzuhalten.

»Ich habe dir eine Frage gestellt«, schrie er jetzt wie besessen. »Lebt mein Sohn?!«

Zoey zitterte am ganzen Körper, doch sie wollte durchhalten.

Auf Zoeys Bitte hin, hatten sich alle Anwesenden im Raum von einer verbalen Einmischung ferngehalten, denn sie wollte, dass Dowell sein wahres Gesicht zeigt, wenn sie ihm jetzt nicht das gab, wonach er verlangte.

Über sieben Monate hatte er ihr stets seinen Willen aufgezwungen und jetzt war er soweit, dass er nicht einmal realisierte, in welcher Situation er sich befand.

Er war ein Psychopath, dass wusste Zoey und sie wollte ihn sprichwörtlich ins Messer laufen lassen. Er stand kurz davor, und Zoey lächelte böse, bevor sie sprach:

»Ja, ich habe überlebt und das zu deinem Pech. Du wirst im Gefängnis schmoren. Was interessiert dich da, ob mein Kind lebt?«

Dowells Augen waren nur noch schmale Schlitze. Ihm fehlte die Kraft, um sich voller Wut auf Zoey zu stürzen und ihr mit seinen Händen ihre Dreistigkeit auszubläuen.

»Dein dummes Gelaber interessiert mich nicht, du

Schlampe. Na, warte! Ich werde dir ...!«

»Nichts, werden Sie! Mr. Dowell«, unterbrach Mrs. Miano jetzt, denn nun hatte er den Bogen überspannt. Dowell verstummte sofort und war anscheinend wie betäubt. Nie hatte er sich von einer Frau etwas sagen und schon gar nicht den Mund verbieten lassen.

Die Schmerzgrenze war aber erreicht und mehr durfte Mrs. Miano einfach nicht zulassen.

Ganz gleich, welche Abmachung sie mit Zoey getroffen hatte. Irgendwann war sowieso ein Einschreiten ihrerseits vorprogrammiert gewesen. Und jetzt war es soweit.

Der zweite Beamte postierte sich nun auch neben Dowell und beide Männer fassten nach Dowells Schulter und hielten ihn fest. Dowell erwachte aus seinem Trancezustand, schüttelte sich und schlug nun um sich.

»Was soll das? Niemand fast mich an. Nehmt eure Hände von mir, ihr verdammten Bullen!«

Doch mit professionellen Griffen hatten die Beamten den Schläger wieder unter Kontrolle. Sie hatten ihm Handschellen angelegt.

Mr. Miano war fassungslos über das Gebaren dieses Doktors, der seine Approbation von Stund an nur noch als Toilettenpapier benutzen durfte. Wie konnte so einer nur jahrelang als Arzt, und dazu noch als Gynäkologe agieren? Er hasste Frauen! Und doch machte er es sich zur Aufgabe in die intimste Welt der Frauen einzudringen. Hatte er wohl noch mehr Dreck am Stecken, als die Sache mit Zoey? Sie schwor sich, dass sie das herausfinden würde, koste es was es wolle.

Sie las Dowell seine Rechte vor und dann bestätigte Dowell, mit seinem weiteren Verhalten, dass er wirklich reif war für eine geschlossene psychiatrische Anstalt.

Als Dowell auf seine gefesselten Hände blickte, veränderte sich sein Gesichtsausdruck sofort und er sah aus, als ob er kein Wässerchen trüben konnte. Mit kindlicher Stimme fragte er leise: »Bin ich etwa verhaftet, oder so? Ich habe doch nichts getan!?« Er grinste und man konnte eindeutig erkennen, dass er völlig neben sich stand und nun fern der Realität alles einfach hinnahm. War dieser Mann schon vorher psychisch stark belastet oder hatte er vielleicht doch erheblichere Schäden durch den Unfall davongetragen, als man geglaubt hatte?

Der gut vorbereitete Plan der Polizistin Mrs. Miano war mit Erfolg gekrönt worden. Denn Zoey war nur etwa sechs Stunden vor Dowell aus ihrem Komazustand erwacht. Und sie hatte Lilli und der Polizeibeamtin ihre glaubhafte, weil wahre Version der Geschichte bereits erzählt. Dowell hatte man über Zoeys Erwachen völlig im Unklaren gelassen. Er hatte ja auch nicht danach gefragt, was mit seiner Begleitung passiert war!

Wäre Zoey gestorben hätte Dowell der Polizistin eine märchenhafte Geschichte auftischen können, die sie ihm hätte abnehmen und glauben müssen! Der Mord an Ryan Haymann wäre mit Zoeys Tod gebüßt und vergolten. Er hätte die Klinik als unbescholtener Bürger verlassen und sich irgendwann ein nächstes Opfer gesucht.

Als man Dowell aus der Klink entlassen konnte und in die geschlossene Psychiatrie einwies, plauderte er bei seiner Vernehmung bereitwillig wie ein Wasserfall. Es war, als würde man den Ballast, der ihm auf der Seele lag, nach und nach in Brocken auf den Boden knallen hören. Das Einzige, was diesen Mann immer wieder nur interessierte, während er Unglaubliches aus seinem

Vorleben schilderte - und das was er vor sich preisgab reichte, um ihn für mehrmals lebenslänglich hinter Gitter zu bringen - war, ob Zoey seinen Sohn gesund auf die Welt gebracht hatte.

Selbstverständlich interessierte es ihn, denn er hatte vor Zoey bereits zwei Frauen auf ähnliche Art und Weise benutzt. Nur hatten die nicht so viel Glück wie Zoey, trugen sie einen unschuldigen Fehler in sich, für den sogar Könige ihre Königinnen in bestimmten früheren Epochen der Zeitgeschichte köpfen ließen!

Unglaublich, aber wahr!

Dowell war Gynäkologe und als die Ultraschallbilder ihm eindeutig zeigten, dass die beiden Frauen vor Zoey ihm seinen Wunsch nicht erfüllen konnten, musste er sie beseitigen. In beiden Fällen ließ er es wie Selbstmord aussehen und kam damit durch.

Bruce Dowells Ziel war darauf ausgerichtet, eine Frau zu finden, die ihm einen Sohn schenkte. Die Frau selbst war ihm nur als Gebärmaschine wichtig. Er hasste alle Frauen.

Seine Mutter hatte seinen Vater, als Bruce gerade elf Jahre alt gewesen war, aus diesem Leben genommen. Bruce saß im Schrank, der in seiner Kindheit von ihm oft als Spielort genutzt wurde. Hier störte er niemanden - vor allem nicht seine Mutter. Er hatte von dort gesehen, wie seine Mutter seinem Vater bei der Reinigung der Jagdwaffe half und sie ließ es so aussehen, als wäre es ein Unfall gewesen, als die Kugel sich löste und den Vater tödlich traf.

Bruce hatte das nicht verkraften können, denn seine Mutter, die unbestraft davonkam, hatte ihn vorher und auch danach nicht mit Liebe verwöhnt. Sie zeigte ihm stets, dass er ein ungewolltes Kind war und ignorierte sein Dasein.

Die Erziehung überließ sie vor dessen Tod ihrem Mann. Seine Jugend hatte ihn geprägt. In ihm wuchs ein Wunsch. Sein einziger WUNSCH war: er wollte einen leiblichen Sohn und diesem würde er alles schenken. Alles, was er in seiner Kindheit vermisst hatte.

Niemand hatte ihn zur Verantwortung gezogen und es bemerkt, als er seiner Mutter zwei Jahre später eine Überdosis Schlafmittel in ihren Cocktail mischte. Sie hatte nach Vaters Tod unzählige Liebhaber nach Hause gebracht.

Sie trug schöne Kleider und auch die Wohnung war komplett neu eingerichtet. Bruce dachte, dass ihre neuen Liebhaber das Geld locker machten: er dagegen sah keinen Cent. Er hatte ein spartanisch eingerichtetes Zimmer und verbrachte seine freie Zeit damit, medizinische Fachliteratur zu wälzen, die er in der Bibliothek auslieh.

Seine Mutter starb, nachdem sie den von ihm zubereiteten Giftcocktail zu sich nahm. Bruce sah zu. Sie hatte ja keine Schmerzen verspürt: sie schlief ein und wachte niemals wieder auf. Sie musste nicht leiden, was ihm nicht ganz gefiel, aber er war sie los und er hatte seinen Vater gerächt. Was er nicht wusste war, dass sein Vater eine hohe Lebensversicherung abgeschlossen hatte. Er liebte seine Familie. Wie hätte Bruce ahnen können, dass seine Mutter seinen Vater wegen der Versicherungssumme getötet hatte? Was war Bruce` Mutter nur für eine Frau?

Mit dem übriggebliebenen Geld aus der Versicherungssumme finanzierte Bruce später sein Studium und er schaffte es: Irgendwann war er Arzt. Und als Arzt, so glaubte er, würde er sein Ziel - seinen innigsten Wunsch - am ehesten verwirklichen können. Er praktizierte als Gynäkologe und so konnte er der Erste sein, der das

Geschlecht des Kindes feststellte, welches in der Frau wuchs, die er gerade für seine Zwecke benutzte. Und er hatte die Macht, diesem Kind das Leben zu geben oder es zu vernichten. Einem weiblichen Fötus gab er gar keine Chance. Diese Taktik erschien ihm als der sicherste Weg. Ein Kind im Mutterleib zu töten, war ein Leichtes für ihn, und eine Schwangere, deren Hormone verrückt spielten, als Suizidopfer dazustellen, war glaubhafter, als Mutter und Kind im Nachhinein zu beseitigen.

WAS IN DER NACHT ZUM 18. FEBRUAR WIRKLICH GESCHAH

Zoey war vom Glück regelrecht überwältigt, da sie das Schicksal wieder mit Matt zusammengeführt hatte. Zum ersten Mal liebten sich beide und Matt verlor seine Jungfräulichkeit mit nun mehr als 27 Jahren. Aber es war Zoey, die ihn in das Reich der Liebe entführte und dass sie sich dabei auskannte, machte er ihr keineswegs zum Vorwurf.

Im Gegenteil: er war sehr erleichtert und dankbar, denn Zoey verstand ihn und kannte jetzt sein Vorleben. Zoey wollte Matt nie wieder verlassen und auch in dieser Nacht nicht. Sie versuchte Lilli auf ihrem Handy zu erreichen, um ihr von ihrem großen Glück zu erzählen, doch Lilli nahm den Anruf nicht entgegen. Das war ungewöhnlich, denn ihre Freundin ging nie ohne ihr Telefon aus dem Haus. Zoey war besorgt und glaubte, dass mit Lilli irgendetwas nicht stimmte. Das trübte den Zauber und das große Glück der beiden wieder frisch Verliebten, musste Zoey ihren Matt nun doch schweren Herzens kurzzeitig verlassen. Matt bot Zoey an, er würde sie zu Lilli fahren, doch Zoey lehnte ab. Er ließ

Zoey gehen und schaute ihrem Wagen voller Sehnsucht nach. Plötzlich entdeckte er zwei Rücklichter, die wie aus dem Nichts aufflammten und Zoeys Wagen zu folgen schienen.

Das war ihm unerklärlich! Dieser Wagen, dessen rote Rücklichter man gut sah, warf komischerweise ein sehr schwaches Scheinwerferlicht auf die Fahrbahn. Fuhr der Fahrer nur mit Standlicht? Warum? Was hatte das zu bedeuten?

Matt überlegte nicht lange und blitzschnell saß er in seinem Wagen und öffnete das Garagentor per Knopf-druck.

Matt drückte auf das Gaspedal und schon nach knapp einem Kilometer hielt er hinter Zoeys Wagen, der, von einer Qualmwolke eingehüllt, am Straßengraben parkte.

Was war mit Zoeys Wagen? Hatte er eine Panne? Matt stürzte aus dem Auto und suchte Zoey. Die Fahrertür stand weit offen, aber sie saß nicht mehr hinter dem Steuer.

»Zoey, wo bist du?«, rief er und dann erst sah er den fremden Wagen, der Zoey vermutlich gefolgt war. Wo war Zoey und wo der Fahrer des anderen Wagens? Beide waren scheinbar verschwunden. Eine unbändige Angst stieg in Matt auf und er rannte zurück und holte seinen Wagenheber aus dem Kofferraum. Damit be-waffnet rief er wieder lautstark nach Zoey. Sie antwortete nicht.

Neben ihm raschelte es im Straßengraben und er ging auf das Geräusch zu. »Zoey, bist du hier?« Keine Antwort. »Zoey!«

Er durchquerte den Graben. Angrenzend begann ein Tannenwald und er bückte sich und drückte die Äste der Tannen beiseite. Was er dann sah, raubte ihm den Atem. Er traute seinen Augen nicht! Matt ließ kurzerhand den

Wagenheber fallen und kniete in den Schnee. Das hätte er nicht tun dürfen! »Zoey, was ist mit ...?«

Diese Frage konnte er nicht zu Ende stellen, denn ein unsagbar brennender Schmerz, den er jetzt in seiner Brust verspürte, verhinderte das. Er schloss die Augen und griff sich unwillkürlich an den Brustkorb. Er fühlte ein weiche zarte Hand daran. War das Zoeys? Aber was war passiert?

Matt versuchte die Hand zu halten, aber diese war unglaublich feucht. So sehr er sich auch anstrengte, es gelang ihm nicht. Langsam glitt diese aus seiner und alles drehte sich, wie in einem Karussell, um ihn. Und mit letzter Kraft flüsterte er: »Zoey, ich bin es doch. Ich liebe dich!«

Gleich darauf prallte sein Körper zu Boden. Mit geschlossenen Lidern lag er da und sah nun Zoey vor seinem geistigen Auge. Im Unterbewusstsein hörte er ihre Stimme, wie sie wisperte: »I love you for ever!«

Genau das waren ihre Worte, die sie zu ihm sagte, als sie sich noch vor etwa zwei Stunden zum ersten Mal geliebt hatten.

Doch Zoey hatte definitiv diese Worte soeben nicht zu ihm gesagt.

Matt rang verzweifelt nach Luft. Jeder Atemzug bereitete ihm höllische Schmerzen und er verlor immer mehr von seinem Blut, das auch an Zoeys Hand gewesen war und nun unaufhörlich aus seiner Brust strömte. Sein Pulsschlag wurde langsamer. Um ihn herum vernahm er noch raschelnde Geräusche, auf die er aber nicht mehr reagieren konnte.

Matt kämpfte mit seinen unerträglichen Schmerzen und versuchte in jeder Sekunde, die er so erleben musste, nur auf Erlösung hoffend, endlich ein Ende in Frieden finden zu können. Er war doch kein schlechter Mensch?

Weshalb hatte er nicht aufgepasst und sich Zoey schutzlos so dicht genähert? Sie hatte sicherlich unter Schock gestanden und hatte sich bestimmt nur gegen ihren Angreifer wehren wollen.

Dann war es totenstill um ihn herum und der Kampf um Leben und TOD war entschieden. Matt starb an Ort und Stelle und seine letzten Gedanken galten nur seiner Zoey: er versuchte ihr diesen Fehler zu verzeihen.

Matt wollte nur mit Zoey glücklich sein und wenn er nun durch ihre Hand gestorben war, war das vielleicht seine Bestimmung. Das Schicksal hatte es so vorgesehen. Er war nicht mehr fähig, irgendwas daran zu ändern und er würde auch niemals mehr die grausame Wahrheit erfahren können.

Zoey erwachte aus ihrem tiefen Schlaf. Ihr Kinn schmerzte und in ihrem Kopf brummte es fürchterlich. Wo war sie? Als sie sich umsah, blickte sie voller Entsetzen in das Gesicht des Mannes, das ihr in ihrem bösen Traum erschienen war. Dieser Mann stand vor ihr und mit Schrecken wurde ihr klar, dass es kein Traum gewesen war, der sie so sehr gequält hatte. Wenn sie nicht geträumt hatte, musste wohl all das, was darin passiert war, der Realität entsprechen?

Nein!!! Das durfte nicht sein!

»Ich will nicht!«, schrie Zoey und kniff die Augen zu.

»Verschwinde aus meinen Gedanken!« Zoey zog die dünne Decke über ihren Kopf, die ihren Körper bedeckte und hoffte nur, diese Fata Morgana, das böse Scheinbild des Mannes vor ihr, würde schnell wieder verschwinden. Doch nichts half ihr. Jetzt hörte sie sogar dessen bedrohliche Stimme: »Schön, du bist endlich wach. Ich warte schon sehnsüchtig darauf, meine Süße!«

Zoey hätte sich am liebsten die Enden der Decke in die Ohren gestopft, doch sie musste der Realität wohl oder übel ins Auge sehen.

»Bruce, was willst du hier?«, brüllte sie ihn an.

Ihre Stimme wurde leiser, als sie das Blut an ihren Händen sah: »Was hast du getan???«

»Ich? Du müsstest fragen, was du getan hast? Oder weißt du es noch? Das wäre schön, es würde mir vieles erleichtern. Ich bin unschuldig! Aber du, na ja, das ist schon ganz schön krass...! Ja, das ist Blut an deinen Händen, Süße! Erinnerst du dich?« Völlig schockiert betrachtete Zoey jetzt ihre Hände ganz genau.

»Ich? Was willst du mir anlasten?«, fragte sie mit weinerlicher Stimme.

»Anlasten, was für ein Ausdruck! Kannst du dich denn gar nicht an deine böse Tat erinnern, mein Schatz?«

Was war genau geschehen? Alles, was sie noch wusste war schrecklich genug, denn sie erinnerte sich, dass jemand sie zum Anhalten zwang, und als der sie überholte, seinen Wagen genau vor ihren schob und sie auf die Bremse treten musste. Geistesgegenwärtig hatte sie die Autotüren verriegelt und sah, wie ein Mann aus dem Wagen vor ihr stürzte und sogleich an die Scheibe ihrer Fahrertür hämmerte.

»Schnell, steigen Sie aus, ihr Wagen brennt!«, brüllte der Mann aufgebracht und Zoey erstarrte fast vor Angst. Doch dann roch sie etwas Eigenartiges und als sie sich umdrehte, sah sie, dass dicker Qualm aufstieg, der anscheinend aus ihrem Kofferraum kam. Panisch entriegelte Zoey die Türen und verließ den Wagen. Doch sofort wurde sie an den Haaren gepackt und ihr angeblicher Retter hauchte ihr ins Gesicht:

»Hab` ich dich endlich!« Jetzt sah Zoey das Gesicht

des Mannes und sie erkannte Bruce wieder. Sie schrie und wehrte sich, versuchte sich loszureißen, aber Bruce hatte sie mit wenigen speziellen Griffen zu Boden gerissen, saß über ihr und hielt sie wie in einem Schraubstock fest. Ihr Kopf dröhnte von dem schweren Aufprall und ehe sie sich wieder wehren konnte, spürte sie den schmerzhaften Einstich einer Nadel in ihrem Arm. Fast gleichzeitig schwanden ihre Sinne und alles um sie herum wurde schwarz. Das letzte, was sie hörte, war Matt, der weit entfernt ihren Namen rief. Antworten konnte sie nicht mehr…

Und jetzt lag sie hier in einem fremden Raum auf einer Couch und Bruce stand vor ihr.

Voller Entsetzen blickte sie ihn an. »Matt, er war da, ich weiß es. Wo ist Matt?«

Bruce griff sich sinnierend an die Schläfe. »Schade, mehr weißt du nicht! Na, ja, ich kann dir das schon glauben, denn wenn ich dir keine Spritze verpasst hätte, hättest du vielleicht alles versaut.«

Zoey hatte jetzt zwar Todesangst, doch sie wollte sich wehren und mit einem Satz sprang sie auf und griff nach der Taschenlampe, die neben ihr auf einer Konsole lag.

»Du, Schwein! Komm mir nicht zu nahe«, drohte sie. »Was hast du mit Matt gemacht?«

Bruce ließ sich nicht beeindrucken. »Leg' das Ding weg, Darling!«

»Wo ist Matt?«, schrie Zoey jetzt aus Leibeskräften und hob die Lampe noch bedrohlich höher. Bruce zuckte nur leicht mit der Schulter.

»Was willst du? Etwas von ihm klebt doch noch an deinen Händen. Den Rest wird die Polizei schon finden. Sei froh, wenn die Polizei dich nicht findet!«

Zoey warf die Lampe genau auf Bruce und schrie. »Du verdammter Hundsfott!«

Bruce duckte sich nur kurz und die Lampe zerschellte an der Wand. Er richtete sich wieder auf und sprach ganz ruhig.

»Muss ich erst grob werden, mein Schätzchen? Kapier` es doch mal! Du hast keine Chance! Nicht mal dann, wenn du mich auch umbringen würdest.«

Zoey sackte zusammen und lag nun quer auf der Couch. Ihre Gedanken fuhren Karussell. Sie war bei diesem Bruce. Aber wo war das? Wie sollte sie ihm entfliehen, wenn sie ihren Aufenthaltsort gar nicht kannte?

Ihr blieb nichts weiter, als sich ruhig zu verhalten und durch ihn so endlich die ganze Wahrheit zu erfahren. Wenn sie sich kooperativ zeigte, würde sie vielleicht bald wissen, weshalb er ihr das angetan hatte. Vor allem würde er ihr sagen müssen, wieso sie Matts Blut an den Händen haben sollte.

Sie wusste von nichts und doch waren Bruce` Andeutungen sehr bedrohlich. Weshalb sagte er, sie hätte Matt getötet? Wie kam Bruce darauf, die Polizei würde sie vielleicht suchen?

Für sie stand fest: dieser Mann war krank. Und wenn sie sich jetzt verstellte, hätte sie vielleicht eine Chance zu überleben und die Wahrheit ans Licht zu bringen.

Bruce deckte sie zu und meinte dann mit lieben Worten:

»So ist es gut. Ruh` dich aus! Hier wird die Polizei dich hundertprozentig nicht finden. Wir brauchen uns doch noch, meine Kleine, nicht wahr?« Es war einfach un-glaublich! Dieser Psychopath wollte ohne Erklärung den Raum verlassen, doch Zoey verstellte sich und meinte nun sehr vertraulich: »Bruce! Geh` bitte, bitte nicht! Ich kann mich doch nicht erinnern. Hilf` mir auf die Sprünge! Wenn du jetzt gehst, dann träume ich nur wieder schlecht. Das willst du doch nicht? Sag` mir doch bitte, was genau passiert ist?«

Bruce` Gesichtausdruck war entspannter und freundlicher, als er zu ihr hinunterblickte. Er griff nach Zoeys blutverschmierter Hand und ungerührt davon sagte er:

»Du hast ja Recht, mein Schatz! Ich bin ja völlig durcheinander. So kann ich dich ja auch nicht hier lassen.« Zoey nickte mit einem fingierten Lächeln.

»Das war sicher nicht deine Absicht, ich verstehe das schon.« Bruce setzte sich neben sie und begann:

»Dieser Idiot Haymann hatte dich in sein Haus eingeladen und du musstest ja auch hingehen. Pfui! Schmutzig, fand ich das! Aber, na ja! Das wirst du nun nie wieder tun.«

Zoey überkam eine Gänsehaut, aber sie bemühte sich stark zu bleiben.

»Lange habe ich dich beobachtet und immer warst du vernünftig geblieben, bis auf das Treffen im Hotel, wo du dich erst am nächsten Nachmittag von deinem Lover trennen konntest. Wie überflüssig und ekelerregend. Eine Frau ist dafür geschaffen worden, um Kinder in die Welt zu setzen, mehr nicht! Das war echt schmutzig von dir, aber ich musste dein Leben so akzeptieren, bis ich es irgendwann ändern könnte. Dann war es soweit. Als ich dich endlich hatte, solltest du deiner wahren Berufung folgen. Nur dieser dumme Haymann musste auftauchen. Aber dann sah ich in ihm meine Chance. Ich hatte plötzlich einen tollen Plan.«

Zoey hätte so gern unzählige Fragen hineingeworfen, doch sie wollte Bruce nicht in seinen Äußerungen unterbrechen und so fragte sie nur ganz kurz: »Was für einen Plan?«, und ließ ihn einfach weiterreden.

Dowell grinste. »Als du aus Haymanns Haus kamst und in dein Auto stiegst, da bin ich dir gleich gefolgt und habe deinen Wagen gestoppt. Das mit der Rauchbombe hat doch ausgezeichnet geklappt. Du bist drauf reingefallen! Aber du hast dich wie eine hysterische Zicke benommen. Wenn du dachtest, dass ich dich vergewaltigen wollte, dann lagst du völlig falsch! Das liegt mir wirklich fern. Das tue ich nicht aus Spaß heraus. Eine Frau ist dafür geschaffen, einem Sohn das Licht der Welt zu schenken.«

»Wieso einen Sohn?«, wagte Zoey zu fragen.

»Wenn du das nicht weißt, dann muss ich dir das auch nicht erklären. Du bist doch dümmer, als ich dachte«, fauchte Dowell sie böse an.

Zoey bebte innerlich, doch sie musste Ruhe bewahren, wenn sie alles Wichtige erfahren wollte.

»Entschuldige, das war wirklich eine dumme Frage gewesen, aber rede doch bitte weiter, du wolltest mir doch alles erzählen.«

»Ach, du willst also wissen, wie du diesen Idioten getötet hast?! Schade, schade, dass du es nicht mehr weißt. Das wäre eine Erinnerung, die du niemals aus dem Gedächtnis verlieren könntest. Aber leider hattest du durch dein Jammern vorgehabt uns zu verraten und so musste ich dich kurzerhand ruhigstellen. Du konntest nicht live dabei sein, das ist echt schade.«

Zoey betrachtete ihre Hände und nach alldem, was ihr Dowell erzählt hatte, äußerte sie jetzt ihre Vermutung. Mit zitternder Stimme fragte sie: »Hast du ihn mit meinen Händen getötet?«

»Wieso ich? Du hast es doch eben erraten. Du hattest das Messer in der Hand und ich führte dieses nur ...« Tief holte Dowell Luft.

»Nur???«, schrie Zoey jetzt.

Bruce erschrak leicht und zuckte zusammen. Fassungslos über ihr Gebaren schimpfte er: »Was schreist du hier so? Ich bin doch nicht taub. Ja, ich sagte - nur ...! Was willst du? Es war doch deine Hand, die das Messer hielt und es sind auch nur deine Fingerabdrücke darauf. Ich habe natürlich Handschuhe getragen. Das ist doch glasklar: Du hast den Blödmann getötet, was sonst?«

»Ich habe niemanden getötet!«, brach sie jetzt in Tränen aus und war so schockiert, dass sie sich nicht einmal mehr bewegen, geschweige noch wehren konnte gegen diesen Mann neben ihr.«

»Ich weiß das, du weißt es jetzt auch! Aber die Polizei wird gegen dich Beweise finden, nur gegen dich, Darling! Mich gab es am Tatort gar nicht, dafür habe ich gesorgt.«

»Du Bestie! Was habe ich ...«

»So nicht, Darling!« Bruce presste ihr seine Hand so stark auf den Mund, dass es ihr schmerzte und mit einem Mal hatte sie ein Deja-vu-Erlebnis. Plötzlich hörte sie Matts Rufe und sie verspürte einen unerträglichen Schmerz dabei. Aber das war kein Deja-vu, denn genau das hörte und fühlte sie so, bis sie von Dowell mittels Nakosemittel schachmatt gesetzt worden war. Danach hatte Dowell einen in seinem kranken Gehirn blitzschnell gereiften Plan ausgeführt und Zoey für seine blutige Tat benutzt.

Dieses Mal wurde Zoey nicht durch Dowell in die Besinnungslosigkeit befördert: es war die Wahrheit, die sie in ein Reich fern der Sinne schickte.

Dowells Augen funkelten, denn noch einmal spielte sich die wichtigste Szene vor seinem geistigen Auge ab, als er nun in Zoeys starre Augen blickte.

Nachdem er Zoey ins Land der Träume geschickt hatte, zerrte Dowell sie zu einer Tanne, deren untere Äste fast den Boden berührten. In fieberhafter Eile hockte er sich an den Stamm, zog Zoey vor seinen Körper und schlug seinen Mantel weit auseinander. In der Dunkelheit war er jetzt kaum noch auszumachen. Dann zog er sein Springmesser aus seiner Hosentasche, das er immer bei sich trug, legte es in Zoeys Hand und umgriff diese fest mit seiner. Nun brauchte er nur noch warten, bis der suchende und nach Zoey rufende Ryan sie fand. Als dieser dann unter dem Tannendickicht die Beine von Zoey hervorschauen sah, ihm der Wagenheber aus der Hand fiel, er sich bückte und ganz nah an Zoey herankam, holte Dowell kurz aus. Das Messer in Zoeys Hand bohrte sich in Ryans Brust.

Dowell hätte vor Ergötzen aufschreien können ..., so sehr freute er sich über seine, wie er fand, meisterhaft ausgeführte Tat.

Ryan sank zu Boden, er rang nach Luft und stöhnte laut vor Schmerzen. Dowell packte Zoey und bugsierte sie in seinen Wagen.

Wie nur konnte der Himmel in diesem Moment weiße Flöckchen auf die Erde schicken? Für Dowell war das ein Segen, denn diese weiße Pracht würde ihm helfen, all seine Spuren verwischen zu können.

Er wickelte einen Stein in Zoeys Halstuch und warf beides weit hinaus auf's angrenzende Feld. Es sollte so aussehen, als sei Zoey fluchtartig über das Feld in den Wald gelaufen. Dann nahm er ihre Handtasche an sich und fuhr im Schutz der Dunkelheit davon. Das Wimmern und Stöhnen von Ryan Haymann hatte Dowell in seinem Wahn nicht einmal mehr wahrgenommen. Es war ihm auch nur eines wichtig: er musste verschwinden.

Zoey kam wieder zu sich. Sie benötigte nur einige Sekunden und wusste wieder, wo sie sich befand. Sie war in den Händen eines Mörders.

Ruckartig wollte sie sich erheben, doch dann fühlte sie die Fesseln, die er ihr um die Füße und Hände geschlungen hatte. Sie verspürte Todesangst und doch wusste sie, sie musste ihrem Entführer ein anderes Bild von sich zeigen.

In ihrer gefesselten Position verharrte sie noch etwa eine Stunde, dann hörte sie Bruce, Bruce Dowell, den Mörder von Matt!!

Leise kam ihr Entführer die Treppe herunter und seine Stimmung klang euphorisch: »Hallo, my Darling! War ich zu hart zu dir? Verzeih´ mir, ich wollte dich nicht wieder sinnesbetäuben.«

Mutig holte Zoey Luft und zappelte so stark sie nur konnte:

»Was ..., was willst du also von mir? Sag` es mir endlich genau!«, fauchte sie und ihre Beine zitterten vor Angst.

»Das habe ich doch schon gesagt!«, fuhr sie Dowell forsch an. »Mein Gott, bist du begriffsstutzig. Hast du es immer noch nicht kapiert?!«

Zoey wollte trotz ihrer Lage kontern, denn wenn Dowell etwas von ihr haben wollte, würde er sie nicht töten können.

»Ja, ich kann es mir jetzt denken, aber ich möchte es hören und das in allen Einzelheiten. Wie stellst du dir das vor?«

Dowell fühlte seine Machtstellung angegriffen.

»Wer stellt jetzt hier die Fragen, du oder ich? Und außerdem muss ich dir überhaupt keine stellen und dir erst recht keine beantworten.«

»Oh, doch, Bruce!«

»Was soll das heißen? Du bist ziemlich dreist, weißt du ...« Bruce stockte jetzt und griff sich sinnierend an die Stirn. Ihm gefiel es, dass Zoey so mutig auftrat, obgleich er sie fest in der Hand hatte. Er hätte sie kurzerhand vernichten und aus dem Weg räumen können, doch dieses Temperament beeindruckte ihn. Niemals zuvor hatte eine Frau es gewagt, so mit ihm zu reden.

Er überlegte kurz und begann ganz ruhig: »Wenn du doch schon ahnst, was ich von dir will, dann weiß ich nicht, was wir noch reden sollen?!«

»Mach´ mir endlich die Fesseln los!! Dann können wir verhandeln, wenn man das überhaupt so bezeichnen kann.«

Völlig fasziniert von dieser Forderung ging Dowell auf Zoey zu und befreite sie aus ihrer Umklammerung.

»Hast du ein Glück, dass ich dich noch brauche, weil du eine Frau bist! Rede!«

Zoey schmiss die Seile fort, die ihre Gliedmaßen zusammengepresst hatten, richtete sich auf und sprach fast ohne Furcht:

»Mein Leben für deinen Sohn!!! Wenn ich dir einen Sohn schenke, lässt du mich am Leben! Ich meine damit mehr, als nur leben lassen!«

Dowell verstand, was sie wollte.

»Na gut. Wenn du das tust für mich, dann besorge ich dir neue Papiere und du kannst ein ganz neues Leben beginnen. Was hältst du davon?«

Zoey ging darauf ein. Es war ein Pakt, ja, es war ein Vertrag mit einem Mörder.

Monatelang hielt Dowell Zoey dann in seinem Haus wie eine Gefangene. Wenn er nicht da war, schloss er sie im Keller, in einen fensterlosen Raum, ein. Er hatte ihr dort zwar nötigste Bequemlichkeiten geschaffen, aber sie litt unter Einsamkeit. Wenn er zu Hause war, durfte sie sich unter seinen Augen im Haus bewegen. Er tat so, als seien sie ein Ehepaar. Die Unterhaltung mit ihm war, vom Fernseher und Büchern abgesehen, die einzige

Abwechslung, die sie hatte. Sie hasste ihn, wenn er mit ihr schlief, sie hasste sich, weil sie keinen anderen Ausweg wusste. Aber sie war tatsächlich sofort schwanger geworden. Zum Glück rührte er sie nicht mehr an, nachdem sie ihm bereits nach nicht einmal einem halben Monat mitgeteilt hatte, dass ihre Regel ausgeblieben war. Er untersuchte sie nur noch, wie es jeder andere Gynäkologe auch getan hätte.

Ihre Schwangerschaft verlief normal. Die Übelkeit verebbte langsam, denn mittlerweile war sie in der 19. Schwangerschaftswoche. Dowell fuhr mit Zoey in seine Praxis, natürlich gut geschützt vor fremden Blicken. Es war bereits nach Mitternacht. Jetzt war der Zeitpunkt da, denn die Ultraschalluntersuchung würde zeigen, ob sich Dowells Wunsch erfüllte oder nicht.

Und Bruce war euphorisch vor Glück, denn in Zoeys Leib bewegte sich sein leiblicher Sohn. Er gab ihm sofort den Namen Daryl.

Zoey atmete auf, denn von Woche zu Woche war in ihr die Angst gestiegen, dass es vielleicht ein Mädchen sein könnte, das sie unter ihrem Herzen trug. Dann hätte sie den Vertrag nicht erfüllen können und wäre Mutter einer Tochter. Sie wäre dem Kind sicherlich eine gute Mutter gewesen, doch Dowell hätte es sicherlich weiter versucht und sie gleich darauf wieder geschwängert. Zoey hatte keine Ahnung, dass sie mit dieser Vermutung völlig falsch lag.

Dowell gegenüber hatte sie nie das Thema angesprochen, doch jetzt fühlte sie sich sicher und ohne sich Gedanken zu machen, blickte sie jetzt Dowell ins Gesicht. Ruhig fragte sie: »Welchen Namen hätten wir einem Mädchen gegeben? Den hätte ich wohl aussuchen müssen?«

Dowell reagierte gar nicht und wischte das Gel von

Zoeys Leib. Danach legte er seine warme Hand auf ihren Bauch und sprach: »Daryl, mein kleiner Sohn!«

Zoey setzte an und wollte ihre Frage wiederholen, »Welchen Namen …?«, doch weiter kam sie nicht. Dowell fauchte sie an: »Halt den Mund! Was soll das jetzt?«

Über Zoeys Körper legte sich eine Gänsehaut. Was hatte sie nur falsch gemacht?

Dowell bemerkte Zoeys Gänsehaut und sanft streichelte er nun über ihren Nabel. »Daryl ist da drin und du Zoey, wirst dafür sorgen, dass er es gut hat.« Nun sah er Zoey fest an.

»Warum stellst du also so dumme Fragen? Ich wollte einen Sohn und kein Weib!«

Jetzt funkelten Dowells Augen sogar ein wenig, als er weiter sprach: »Weißt du nicht, wer ich bin? Ich bin Gynäkologe und glaub` mir, ich weiß, wie man unerwünschte Bälger beseitigt.«

Zoeys Frage war beantwortet. Sie schwor sich, Dowell nie wieder zu erzürnen. Er hatte ihr knallhart auf den Kopf zugesagt, dass er ein Mädchen nicht hätte leben lassen. Was hätte er mit Zoey gemacht? Hätte er sie so lange gefangen gehalten und benutzt, bis sich sein Wunsch erfüllt hätte?

Unter Umständen hätte das Jahre dauern können! Zoey traute ihm diesen Plan zu. Immerhin hatte er sie in der Hand. Zu ihrem Glück kannte Zoey die Schicksale ihrer Vorgängerinnen nicht, denn diese hatten nicht so viel `Glück`, wie sie.

Während der nächsten Wochen und Monate wurde Zoeys psychischer Zustand immer desolater. Ungewissheit und Zweifel zerfraßen ihre Seele. Sie wusste doch nicht, ob Dowell sein Versprechen halten und sie mit neuen Papieren gehen lassen würde, wenn sie seinen

Sohn geboren hätte. Zu ihrem Kind in ihrem Leib hatte sie eine zweifelhafte Beziehung entwickelt. Sie wollte doch niemals Kinder haben und das in ihrem Leib war die Brut eines Mörders. Aber es war auch ihres?! Es war ihr Pfand in die Freiheit und sie musste es Dowell geben, ob sie wollte oder nicht. Sie war entschlossen durchzuhalten und etwas anderes blieb ihr wohl auch nicht übrig.

Im siebten Schwangerschaftsmonat saß Zoey die meiste Zeit nur noch stumm und nachdenklich im Sessel. Sie reagierte kaum noch auf Dowells Ansprache und das machte ihm Sorgen.

Zum zweiten Mal fuhren sie in Dowells Praxis. Dieses Mal wartete er nicht bis es dunkel wurde, denn es war Mittwoch und am Nachmittag war nicht einmal seine Sprechstundenhilfe da.

Durch den Hintereingang gelangten beide ungesehen in die Praxisräume.

Zu Dowells Beruhigung schien mit seinem Sohn alles in Ordnung zu sein. Jetzt würde es ja auch nicht mehr lange dauern und er hätte sein Ziel erreicht.

Auf dem Rückweg in Dowells Wagen überlegte er gerade angestrengt, wo er Zoeys Leiche nach der Geburt seines Kindes `entsorgen` könnte, … da passierte es.

Ein Ereignis zerstörte seine Mordplanung, das er nicht vorhersehen konnte. Die mörderischen Gedanken verlangsamten wohl sein Reaktionsvermögen und er konnte die Kollision mit einem Kleintransporter nicht mehr verhindern. Der Fahrer des Kleintransporters nahm ihm die Vorfahrt und beim Aufprall beider Wagen schoss der junge Mann mit dem Kopf voran durch die Frontscheibe. Dowell wollte sich nur schützen und mit seinem Körper ausweichen. Dabei prallte er mit dem

Kopf hart gegen die Fahrertür. Gleich darauf verlor er das Bewusstsein.

Zoey saß fest angeschnallt auf ihrem Sitz und erlitt einen leichten Schock. Ihr war nichts weiter passiert. Schon in der Klinik war sie wieder ansprechbar, aber der Schock hatte bei ihr die Wehen ausgelöst.

Nachdem sie mit Hilfe der Ärzte ihren Sohn gesund auf die Welt gebracht hatten, äußerte sie einen dringlichen Wunsch:

»Bitte informieren Sie Miss Lilli Graham, dass ich hier bin. Mein Name ist Zoey Marshall!«

Kein weiteres Wort kam dann über ihre Lippen. Auch auf die Fragen der Polizistin Miano reagierte sie einfach nicht.

Die Stunden des Wartens wurden für sie fast unerträglich. Zoey wurde von ihren Gedanken zermartert. Nach den Indizien war sie in den Augen der Polizei eine Mörderin und sie wusste, dass Dowell schon ohne Bewusstsein in die Klinik kam. Sie rang mit den Gedanken. War es nun gut, dass er nicht bei Sinnen war - würde man ihr glauben? Oder würde es sich für sie negativ auswirken, dass Dowell nicht vernehmungsfähig war? Die Ungewissheit steigerte sich und die Angst vor einem quälenden Prozess, bei dem Dowell sich sicherlich mit geschickten Lügen und Behauptungen, freizukaufen versuchte, trieb sie an den Rand der Erträglichkeit. Kurz nachdem Mrs. Miano Zoeys Freundin endlich telefonisch erreichte, stellte die zuständige Krankenschwester fest, dass Zoey nicht mehr reagierte. Sie war in einen komaähnlichen Zustand gefallen ...

Dr. Bruce Dowell bekam mehrmals Lebenslänglich. Er hatte bereitwillig drei Morde gestanden und dem Richter und den Geschworenen mit genauen Schilderungen klargemacht, welch` ein Ergötzen er dabei empfunden hatte, als er die Leichen der drei Frauen betrachtet hatte. Er musste doch sicher sein, dass sie wirklich tot waren!

Seine Mutter war, nachdem sie den Giftcocktail trank, friedlich eingeschlafen. Es war nicht sehr spannend für Bruce, denn diese wachte einfach nur nie wieder auf.

Susan, sein zweites Opfer, hatte er aus einem Boot gestoßen. Sie war im vierten Monat schwanger, aber in ihrer Gebärmutter wuchs ein weiblicher Fötus. Bruce musste beide vernichten. Susan hatte um ihr Leben gebettelt, doch Bruce drückte ihren Kopf so lange unter Wasser, bis ihr lebloser Körper von den Wellen sanft davongetragen wurde.

Und Linda, sein drittes Opfer, hatte er betäubt und ihren Leib von einer Brücke fallen lassen.

Auch sie war schwanger von Bruce und konnte ihm seinen Wunsch nach einem Sohn nicht erfüllen.

Zoey wäre sein nächstes Opfer geworden. Gleich nach der Geburt hätte er sie getötet und ihren Leichnam irgendwie verschwinden lassen. Er hatte sich zwei Möglichkeiten ausgedacht: entweder wollte er nach und nach einzelne Körperteile verbrennen oder in Salzsäure auflösen.

Er wollte es so darstellen, als hätte eine verzweifelte Mutter ihren Säugling auf seiner Türschwelle abgelegt. Dann wäre er zur Polizei gegangen und hätte alles in die Wege geleitet, um das Kind später adoptieren zu können.

Er war gut situiert und hätte ein Kindermädchen eingestellt. Dieser Plan erschien ihm lukrativ und er war sicher, dass es gelingen würde. Niemand wäre auf den Gedanken gekommen ihn für den leiblichen Vater zu halten.

Doch sein Plan zerplatzte wie eine Seifenblase. Völlig überrumpelt von der Taktik der Polizistin Miano, die mit Zoey ihren Plan durchzog und ihn damit in die Enge trieb, war ein Teil seines Planes gescheitert. Wie in einem Anflug von Wahnsinn hatte er der Polizei alles erzählt und er fühlte sich durch seine Geständnisse endlich befreit. Man hatte ihn zwar gefasst und doch war er ein Sieger - denn Zoey hatte ja seinen Traum erfüllt. Er wusste, dass sein Sohn den Unfall überlebt hatte, ja er hatte es geschafft, er hatte einen Sohn! Leider würde er seinen Sohn nicht erziehen und ihm alles, was ihm selbst in seiner Jugend gefehlt hatte, geben können. Kurzerhand hatte er eine Entscheidung getroffen und bat darum, dass ihn Zoey mit dem Baby im Gefängnis aufsuchen sollte. Er hätte ihr eine wichtige Entscheidung mitzuteilen.

Auch Zoey hatte ihm noch etwas Wichtiges zu sagen und nur noch auf den passenden Moment warten wollen. Jetzt war es so weit und sie folgte Dowells Wunsch, indem sie sich mit ihrem Sohn ins Gefängnis begab.

Dowells Augen leuchteten, als Zoey sich in sicherer Entfernung von ihm auf einen Stuhl setzte. »Du bist wirklich gekommen«, meinte Dowell freudestrahlend. Er sah seinen Sohn, den Zoey in ihren Armen hielt, zum ersten Male. Freudentränen rannen Dowells Wangen hinunter und lammfromm und unglaublich liebevoll fragte er:

»Er hat es doch gut bei dir, mein Sohn Daryl?«

Zoey reagierte nicht auf seine Frage, stattdessen feuerte sie ihm entgegen: »Was willst du also?«

Dowell presste beide Hände gegen die Glasscheibe, die zwischen ihnen war und flehte Zoey an:

»Lass` mich ihn sehen, von ganz nah!«

Zoey schüttelte den Kopf. »Ich bin nicht hierhergekommen, damit du meinen Sohn aus deinen mörderischen und blutrünstigen Augen ansehen kannst.«

»Er ist auch mein Sohn«, konterte Dowell, »und ich habe ein Recht darauf.«

Zoey wollte ihm ins Wort fallen »Du hast kein …«, doch Bruce` forsche Stimme »Sei ruhig und hör mir zu!«, ließ sie verstummen.

»Ich habe einen Entschluss gefasst«, sprach er rigoros. Jetzt war Zoey gespannt auf das, was ihm nun wieder eingefallen war. Soeben wollte sie ihm den Grund für ihr eigentliches Kommen knallhart an den Kopf werfen. Doch nun sollte er erst sprechen.

»Rede! Was hast du dir nun wieder ausgedacht?«

Bruce holte tief Luft. »Zoey, ich möchte, dass du mich ersetzt. Du musst auch meine Vaterrolle übernehmen, denn ich kann es nun nicht mehr.«

Zoey lächelte sehr eigenartig, aber er merkte es nicht.

»Zoey, ich werde dir alles was ich besitze, die Villa, die Aktien und alles Barvermögen überschreiben, damit …«

»Damit es dein Sohn gut bei mir hat?«, vollendete Zoey Bruce Erklärung. Bruce nickte und er freute sich, dass sie ihn verstanden hatte. Doch unerwartet lachte Zoey laut auf. Sie sah Bruce direkt in die fragenden Augen.

Ihr Gesicht nahm einen Ausdruck an, vor dem er erschrak.

Zoey erhob sich von ihrem Platz. Mit ihrem Sohn im

Arm, trat sie dichter an Bruce heran. Ihr Blick strahlte sprichwörtlich vor Freude und Bruce erkannte darin unermesslichen Triumph.

»Was ist mit dir?«, wollte er wissen. Mit der rechten Hand entfernte Zoey die kleine Mütze, die ihr Sohn trug und zeigte Bruce das kleine Gesichtchen.

»Hier, Bruce! Sieh` ihn dir an! Sieht so das Kind eines Mörders aus?«

Mit weit aufgerissenen Augen blickte Bruce in die kleinen Kinderaugen und erstarrte vor Entsetzen. Zoey genoss es, ihn sprachlos zu sehen.

»Was, …was …?«, stotterte er nun und Zoey spürte, sie hatte ihn jetzt da, wo sie ihn haben wollte.

Sie streichelte sanft über das Kindsköpfchen und meinte:

»Nicht, was …? Wer, ist die Frage!«

Bruce schluckte laut und er spürte, dass Zoey ihn quälen wollte. Zoey schnalzte mit der Zunge, was eigentlich untypisch für sie war. Dann endlich brach sie ihr Schweigen.

»Darf ich dir vorstellen: Dieser kleine Knabe trägt den Namen Jay Ryan Marshall und auf deine Almosen ist dieser kleine Mann nun wirklich nicht angewiesen, Bruce! Glaub` mir, er wird es besser haben, als du es dir je in deinen Träumen erhofft hast. Jay ist der einzige Erbe eines Milliardenvermögens, denn sein Vater war der Adoptivsohn der Familie Mc Gregor, die ihr Domizil in Australien hatten. Das hat eine Genanalyse, die ich habe durchführen lassen, eindeutig bewiesen. Du, Bruce, hast Jays Vater hinterhältig ermordet und mich benutzt und gequält. Wenn du irgendwas für deine Nachwelt hinterlassen willst, dann schreib` dir deine Memoiren von der Seele. Aber einen Sohn wirst du, Mörder, niemals haben.

Am nächsten Morgen fand der Gefängniswärter Bruce Dowells Leichnam in dessen Zelle. Da Dowell weder an ein Seil noch an Medikamente herankam, hatte er in der Nacht seinen Kopf wohl einige Male an die steinharte Zellenwand geschmettert ...

Nichts außer schrecklichen Erinnerungen hatte dieser Dr. Bruce Dowell hinterlassen.
Und resignierend vor der Wahrheit, hatte er als Verlierer freiwillig die Welt verlassen.

Ein Jahr später veröffentlichte Zoey Marshall ihren ersten Roman. Er trug den Titel:

»Tödliche Eskapaden « Pact with a Killer

Romane der Autorin

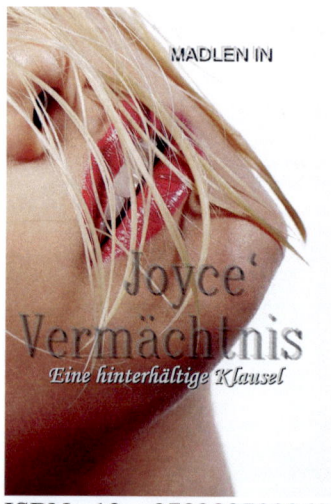

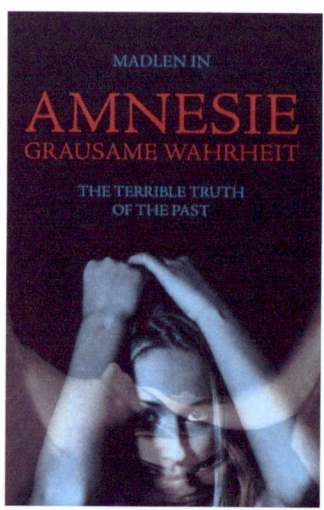

ISBN: 13: 9783837003604 ISBN: 13: 9783833484575

Joyce` Vermächtnis
Eine hinterhältige Klausel

AMNESIE-GRAUSAME
WAHRHEIT

JOYCE′ VERMÄCHTNIS
EINE HINTERHÄLTIGE KLAUSEL

Joyce Angel, eine attraktive junge Frau, hatte sich alles ganz anders vorgestellt, als sie die Erbschaft ihrer Tante annahm. Schnell verschlang das geerbte Haus Joyce` Ersparnisse und ohne eine Anstellung gab es keine rosige Zukunft.

Doch dann begegnete sie Wayne Stone und sie sah ein Licht am Ende des Tunnels. Aber dieses Licht warf einen bösen Schatten über Joyce und nur ein mysteriöser Zufall öffnete ihr die Augen.

AMNESIE
GRAUSAME WAHRHEIT

Liza erwachte, wie aus einem Traum. Doch es war kein Traum! Und als sie endlich zurück in die Realität fand, begann für sie ein bitterlicher und schwerer Weg – alleingelassen und auf sich gestellt: Die Suche nach dem eigenen »I-C-H«

Ihre Unwissenheit zeichnete sie und machte sie labil. Doch ihr liebes und unschuldiges Wesen erweckte in Steven einen Beschützerinstinkt und er vergaß sein Rachegefühl ihr gegenüber. Zusammen gingen sie den langen Weg durch den dunklen Tunnel Lizas Vergangenheit.

Maßlos erschütternde Erkenntnisse trieben sie an die Grenzen ihrer realen Vorstellungen und sie kämpften hart gegen ihre schmerzlichen Emotionen. Nur durch Stevens Halt und seiner wahren Liebe zu Liza schafften sie es gemeinsam, die wichtigsten Rätsel zu lösen, um letztendlich ihren Seelenfrieden und ihr Glück zu finden.

Doch da war noch ein kleines Feuer, das langsam erlosch und dieses flackernde Licht am Horizont, blieb für die beiden ein ewiges und ungelöstes Rätsel der Natur …(!)

Nur der Leser kennt die ganze Wahrheit …

<u>DIE AUTORIN DANKT</u>

Wieder möchte ich es unbedingt erwähnen und einen großen und besonderen Dank an Frau E. Enge richten.

Scheinbar selbstverständlich übernimmt sie nun bereits seit vielen Jahren das wichtige und sehr zeitraubende Überarbeiten meiner Manuskripte.

DANKE !